向こう側の、ヨーコ

光文社文庫

向こう側の、ヨーコ

真梨幸子

光 文 社

光文社文庫

向こう側の、ヨーコ

真梨幸子

光　文　社

CHAPTER1.

A面

「では、次の問題、いくよ！」

司会者の芸人が、こちらを見ながらニヤリと笑う。

「ポンコツさん、大丈夫？」

観覧席から、どっと爆笑が起こる。

「ポンコツさん、今度こそ、汚名挽回しましょうよ！」

それを言うなら、汚名返上。

……こんな馬鹿に「ポンコツ」「ポンコツ」と連呼されて。ああ、もう、ほんと悔しい。

「次こそ、正解してくださいよ！　さあ、ポンコツさん！」

冗談のようにバカでかい早押しボタンに、手を添える。

前方の巨大モニターに問題が映し出される。

『裕子(ゆうこ)　真由美(まゆみ)　久美子(くみこ)　純子(じゅんこ)』

早押しボタンに置く指が、汗でびっしょりと濡れている。

「さあ、この名前は、一体なんでしょう？　あなたに関係のある問題ですよ！」

え？　何？　何なの、この名前。……何？

裕子……真由美……久美子……純子……私の知っている人の名前だ。まさか、それが正解？「私の知っている人です！」って答えればいいの？　……いくらなんでも、それはないか。……じゃ、何？　裕子……真由美……久美子……純子……共通点は何？　共通点は……？

ドンヒャラドドドチャラリンコーン♪

チャンチャンキュキュドッカンポーン♪

軽快だが、癇に障る音楽が鳴り響く。

どうしよう、どうしよう、どうしよう。

うん、もうヤケだ、押しちゃえ！

ピンポーン。

……が、解答権を示すパネルが光ったのは、他の解答者。

「一九七四年生まれの女の子の……名前ランキング！」

「はい、正解！」

は？　一九七四年生まれの女の子の名前ランキング？　何、このマニアックな問題は。

「ポンコツさん、これ、あなたのためのボーナス問題だったのに、残念！」

え？　ボーナス問題？

「だって、あなた、一九七四年生まれでしょう？　え？　なに？　もしかして、自分が生まれた年を忘れちゃった？　……本当にポンコツだな、こいつ！」

観覧席から、さらなる爆笑。

脇の下がびっしょりと濡れる。

「では、続けて、ポンコツさんへのボーナス問題。これは、ポンコツさんしか答えられません。……いいですか？　いきますよ？」

司会の芸人が、またもやニヤリと笑う。

「一九七四年生まれの女の子の名前ランキング、一位は何でしょう？」

え？　一位？　さっき映し出された『裕子　真由美　久美子　純子』からいけば……一位は「裕子」なんじゃないの？

「裕子！」

答えてみるも、『ブッブー』という容赦ない音に叩きのめされる。

え？　違うの？　じゃ、

「真由美！」

ブッブー

「久美子!」

ブッブー
「純子!」

ブッブー
「ポンコツさん! いい加減にしてくれないかな?」

司会の顔が、マジで怒っている。

「ボケるのはこれぐらいにして、……とっとと正解してくんないか? あんただけなんだよ、まだ正解してないの。……空気読んでよ」

見ると、前方で、ADまでもがイライラと顔を歪めている。その手にあるスケッチブックには、「正解を!」と殴り書き。

体中から汗が噴き出す。

「正解! 正解! 正解! 正解!」

観覧席から、そんなコールまで起こる。

いや、だから、……ちょっと待ってよ。考えてるんだから、今、必死で考えているんだから。

……つまり、一九七四年生まれの女の子の名前で、一番多い名前は何かってことよね。

えっと、えっと、えっと……。

……ああ、そんなことより、暑い。

……いや、熱い。

照明よ。この照明が、熱いのよ。これじゃ、まるで砂漠の太陽。

熱い、熱い、熱い！

「正解！　正解！　正解！　正解！」

うるさい、黙って、集中できない！

「ポンコツさん！　さあ、答えを！　一九七四年生まれの女の子の名前ランキング、一位は？　……一位は？」

1

「……陽子、陽子」

名前を呼ばれて、私は、重たい瞼をのっそりと開けた。

白熱電球を背景に、見慣れた顔が覗き込んでいる。プロデューサーの大井純子だ。

ああ、そうだった。ここはＮＫＪテレビ紀尾井町スタジオ、控え室。

「お疲れ？」大井純子が、コーヒー缶をそっと傍に置いた。

「ううん、大丈夫」

言ってみたが、こうやってうたた寝してしまったのだ、疲労がたまっているのは隠し切れない。私は、やおら、体を伸ばした。

「……それにしても、暑いわね。……もう、十一月も終わるというのに」

首筋を触ると、汗でびっしょりだ。バッグを引き寄せてウェットティッシュを探す。

「嘘(うそ)。暑い？ ……でも」大井純子が、エアコンの表示を仰ぎ見る。

十八度。決して暑いとはいえない。むしろ、寒いほうだ。

「ううん、違うの。ちょっと厚着してきちゃって。……っていうか」しどろもどろで言い繕(つくろ)ってみるが、誤魔化しきれない。

「ホットフラッシュってやつ」ウェットティッシュを引き抜きながら、私はとうとう、白状した。

「ホットフラッシュ？ いわゆる……のぼせってやつ？ ……更年期障害の？」

「そう。突然ね、体がかぁぁぁって熱くなるのよ。で、汗が噴き出して」

「羨ましい」

「え？」

「私なんて、めちゃ冷え性だからさ。今日も、タイツを二枚と靴下を重ね履き。下着も三枚も重ね着よ！ それでも、底冷えがしちゃってさ。……ホットフラッシュ、私も経験したいわよ。私も、かぁぁぁぁぁっていう熱を経験したいわ」

厭味(いやみ)なのか本音なのか、いずれにしてもこんな風に言われたら、言い返さないではいられない。

「大丈夫。じきに経験するわよ。あなただって、更年期なお年頃なんだから」

大井純子の下瞼が、一瞬、引きつる。

彼女から電話があったのは、昨日の火曜日。午後九時過ぎだったか。仕事が一段落し、軽い夜食をとっていると着信音が鳴った。……嫌な予感がした。

案の定、

「ね、明日の朝、空いてる？」

大井純子から電話があるときは、たいてい頼みごとだ。

「……え？　明日？」つまり、十一月二十九日の水曜日？　予定表を見てみる。

空いていることは空いている。が、朝ってことは。……大井純子が担当しているのは、『それ行け！　モーニング』という朝の情報番組。まさか、また、それに出演しろと？

当たりだった。

「レギュラーのコメンテーターの一人が、急に欠席することになって」

「ああ、もしかして、週刊誌に不倫疑惑がすっぱ抜かれた例の女性タレント？」

「そうなのよ。まったく、いやんなっちゃう。昨日まではさ、『不倫なんて、まったくの嘘ですから。私は潔白です。ですから、これまで通りよろしくお願いします』なんて言っていたのよ。そしたら、いきなりのトンズラ。なんでも、明日発売の週刊誌で、逃げも隠れもできない証拠がすっぱ抜かれてるみたいよ。それで――」

「それは、お気の毒。彼女、いい感じで売れてきてたのに。なんで、不倫なんて。……バカみたい」

ほんと、バカみたいだ。不倫なんて、リスクしかない。下手(へた)したら社会的地位も仕事も財産も失うというのに。不倫をきっかけに、それまで順調だった人が這(は)い上がれないような谷底に転落してしまった例はいくつも見てきた。なのになんで、不倫なんて馬鹿馬鹿しい遊びに興じるのだろうか。そもそも、人のものを欲しいと思うほうがどうかしている。人のものだから欲しくなるのだ……と言い放った俳優がかつていたが、彼も今は芸能界から消えた。

みんな、分かってないのだ。結婚という制度を。結婚というのは立派な契約で、その中で最も重要なのは「貞操義務」だ。配偶者が不貞行為を働いたら、それを理由に離婚することができる……というやつで、そのときは、配偶者はもとよりその不倫の相手からも慰謝料を取ることができる。

つまり結婚は、売買契約のようなものなのだ。賃貸契約ともいえる。相手が契約に反した場合は、契約を反故(ほご)にできる上に、賠償金も発生する。例えば、家を借りたとする。その家賃を期日までに払えなかったら追い出されることを覚悟の上で誰もが契約を結ぶだろう。家賃を払うことが「義務」なのだから。

が、こと結婚となると、その「義務」がどこかに吹っ飛んでしまう。だから、いとも簡単に、「不貞」という契約違反に走るのだ。皆、肝に銘じなければならない。恋愛という感情的な行為と、「結婚」という契約的な行為はまったく異質なものだということを。

「いいじゃない。それ、番組で言ってよ。結婚とは何か……を」

大井純子は、返事はまだだというのに、私が出演することを前提に話を進めている。

……この子は、まったく変わっていない。中学時代から。

そう、大井純子とは、中学一年から三年までクラスが一緒だった。が、当時は、ほとんど喋ったことがなかった。属している派閥が違った上に純子はいわゆるクラスの女王様で、私のような根暗なオタクには高嶺の花、恐れ多くて、声をかけるなんてとてもとてもできなかった。

ところが、純子のほうは度々、私に声をかけてきた。「学級委員に立候補しなよ。投票するから」「部活は？　へー、帰宅部なんだ。そんなのつまんないよ。何か入りなよ」「全国模試、どうだった？　ね、順位、教えてよ」「今度、弁論大会に出るんだけど、原稿書くの、手伝ってよ」「ね、今日、空いてる？　彼氏の誕生日プレゼント買いに行くんだ。付き合ってよ」

それはほとんどが命令口調で、有無を言わせない圧迫感があった。それでも、私はあの手この手で断ろうとした。

だから、

「え？　結婚とは何かを私が喋るの？　結婚もしてない私が？　説得力ゼロだよ。笑われるだけだよ」

今回も、私は遠回しに断ったのだ。が、

「だからいいんじゃない。結婚に慎重なあなたが、結婚と恋愛の違い、そして不倫の恐ろしさを語るのよ。そのほうが、リアリティがあるって。下手に結婚している人より」

「いや、……でも」私も負けじと、粘った。「久美子は？　久美子のほうが喋りはうまいし、人気のファイナンシャルプランナーだし。……私なんかより、久美子のほうが……」

「久美子ね、……電話したんだけど、ダメだった。今、九州に出張しているらしくて」

なによ。久美子がダメだったから、私に連絡してきたの？

そういうことなら、なおさら、いやだ。代役のそのまた代役なんて。

なのに純子は、

「ということで、明日の水曜日、午前五時に、紀尾井町スタジオにお願いね。請求書はそのときに持ってきて。前と同じ、十万円でいいかしら？　じゃ、紀尾井町スタジオ前で待っているから。よろしくね」

と一方的に話をまとめ、電話を切った。

あの頃とまったく同じ展開だ。中学生のときも、あの手この手で断ろうとしても、純子が一方的に話をまとめてしまうのだ。このごり押しは、ある意味、天性の才能だろう。

そんなことより。

午前五時？　ここから紀尾井町まで、タクシーで飛ばしても一時間以上はかかる。ということは、四時前には出なくちゃ。呆然とする私だったが、しかし、私としてもこれはいい機会でもあった。新刊が出たばかりだ。テレビの中で宣伝できれば。それに、紀尾井町ならば、赤坂に近い。……つまり、彼の職場の近く。早速、『明日の昼、会いたい』とメールを送ってみる。返事はすぐに来た。『了解。いつものところで』。ああ、昨日も会ったばかりだというのに、今から待ち遠しい！

……そんな下心を抱いて床に入ったのがいけなかったのか、まったく寝つけず、気がつけば三時。それから大急ぎで支度して、タクシーを呼んで、ここまで来てみたが。

控え室に通された途端、うたた寝してしまったようだ。

「ね、……服は、それでいいの？」

純子が、戸惑い顔で私の体を眺めた。

え？　いけない？　これ、割と気に入っているワンピースなんだけど。

「……うーん、まあ、いいか」純子は、右手を顎に当てながら、まじまじと私の服を見つめた。「……うん。むしろこのほうがいいかも。だって、陽子は文化人枠なんだし。お洒落じゃないほうがリアリティある」

え、お洒落じゃない？　これ、私の中では一番のお洒落なワンピースなんだけど……。

「じゃ、メイク、してもらおうかな？　メイク室、分かるよね？　一度、行ったよね？」

そりゃ、確かに、前に一度行きましたけど。

でも、そんなの半年前のことで、それに、この控え室は初めてで、ここからメイク室までの行き方なんて知らない。ウェットティッシュを弄びながら狼狽えていると、

「嘘？　マジで忘れた？　嫌だな、陽子。もうボケがはじまってる？　まだ早いよ！　私たち、まだ四十過ぎなんだからさ！　分かった分かった、一緒についてってあげるからさ」

＋

メイク室に案内されると、先客がいた。ボブカットの女性だ。

見たことがある。確か、『それ行け！　モーニング』のリポーターの一人だ。

「あ、もしかして、小説家の――？」

椅子に座るなり、声をかけられた。

「あ、はじめまして——」なのかしら？　半年前、やはり穴埋めでこの番組に出演したが、そのとき、もうすでに会っているんじゃ？　全然記憶にないが、もしかしたら、すでに挨拶を交わしているかも。……ドキドキしていると、

「はじめましてぇ」と、挨拶が返ってきた。「前、先生がご出演されたときは、私はお休みでしたので会えなかったんですぅ。あのときは、ほんと、悔しくてぇ。だって、私、先生の大ファンでぇ」

「あ、あり、ありがとうございます……」

しどろもどろで答えると、

「私、高校生のときからずっと先生の読者ですぅ。デビュー作からずっと読んでいるんですぅ」

……高校時代。

ということは、この人は、どんなに若くても三十一歳？

私がデビューしたのが十五年前。当時高校一年生だとして、今は三十一歳。

……もっと若いのかと思っていた。いや、だってその髪型もその服も、二十代前半の子のファッションだ。それに、番組内でも「妹キャラ」で通している。ちょっと頼りない、守ってあげたくなる妹。そんなキャラが受けて、おじさま層に大変な人気なんだと聞いた。

……なのに、三十一歳以上？　そんなことを考えていたのがバレたのか、

「いえいえ、高校の図書館に先生のデビュー作があったのでぇ。……六年ぐらい前かな……それとも七年……」

リポーターは言い訳するように言葉を濁した。

私の本が、高校の図書館に？

そんなこと、あるわけがない。今でこそ「恋愛小説家」という肩書きだが、私のデビュー作はケータイ官能小説だ。一応本にはなったが、過激な性描写があるために十八禁指定になった。だから、書店でも成人コーナーにしか置かれず、そんなものが高校の図書館になんかあるわけがないのだ。……とはいえ、デビュー作の主な読者は中高生だったのだが。毎日のように舞い込むファンレターも、「親に隠れて、読んでいます」「クラスで回し読みしています。もちろん、こっそりと」などといった内容のものばかりだった。

だから、目の前の彼女が高校生のときに読んだというのは嘘ではないだろう。

ただ、歳が確定されるのは避けたかったようで、リポーターは話題を変えた。

「先生と大井プロデューサーって、お知り合いなんですかぁ？」

「ええ、まあ」

「どんなぁ？」

まあ、隠すことではないだろう、私は正直に答えた。

「中学時代の同級生」

「へー！　中学時代の！　仲よかったんですかぁ？」

仲はよくない。とはいっても、敵対していたわけでもないが。黙っていると、

「でも、中学のときに仲よかった子ほど、大人になると疎遠になりますよねぇ？　逆に、ほとんど口を利かなかった子のほうが、何かをきっかけに急接近したりしてぇ。私もそうなんですぅ。同窓会をきっかけに、中学時代はほとんど喋ったことがなかった子と、今では親友同士なんだもの。……ほんと、人生って分かりませんよねぇ。……で、先生と大井プロデューサーはどうだったんですかぁ？」

「あなたと同じですよ」

「え？」

「だから、中学の同窓会がきっかけで再会して、それから急接近……というやつです」

「へー、そうなんですかぁ。同窓会には、よく？」

「ううん、このまえが初めて。母校が統廃合でなくなる……っていうんで、行ってみたんですよ」

なんで、私、こんなにベラベラと。……ぱっと見はチャラチャラした感じだが、さすがはリポーター。人から話を聞き出すのがうまい。

「へー、母校がなくなるんですかぁ。寂しいですねぇ。……じゃ、その同窓会、結構集まっ

たんじゃないですかぁ？」

「そうですね。……八割は集まったと思いますよ」

「八割も！　じゃ、懐かしかったでしょう？」

「まあ、懐かしかったけれど。……でも、女子のほとんどは既婚者で。話についていけなくて」

「分かりますぅ。既婚者とは、話が合わないんですよねぇ。旦那のこととか、子供のこととか言われても、まったく共感できないというかぁ。同調できないというかぁ。それに、既婚者って愚痴が多いじゃないですかぁ」

「確かに。……愚痴が多かったですね」

「それと、腹の探り合いがはじまるじゃないですかぁ。この人の旦那はどんな仕事をしていてどんなポストについていて収入はどのぐらい？……なんて感じで。あと、子供の自慢とかぁ。……そうそう。最近ではママ名刺なんていうのがあるのご存知ですかぁ？　仕事の名刺じゃなくて、子供とママの情報が書かれた名刺」

「ああ、ママ名刺。……私も何人かにもらいました」

「私ももらいましたけど。正直うんざりしちゃいましたぁ。昔の懐かしい話をするためにわざわざ同窓会に行ったのに、子供の名刺をもらってもねぇ……。子供になんか会ったこともないのにぃ。……だから、自然と派閥ができちゃうんですよねぇ。子持ち既婚者、子無し既婚者、未婚者って」

「私もそうでした。……だから、未婚の女子たちだけで自然と輪ができて。……その中に、純子と私も含まれていたんですよ」

「なるほど！　それで、打ち解けちゃったんですね。未婚者同士」

「そうなんです。で、未婚女子だけで二次会をしようってことになって。そこでまた変に盛り上がっちゃって。また会おうね……ってメアドの交換して。もちろんＬＩＮＥも。気がつけば、今では、月一で定期的に会う仲。……中学時代は、みんな別々の派閥で、そんなに交流もなかったというのに。あなたの言う通り、人生って分からないものですね」

本当に、なんで、私こんなにベラベラと喋っているのだろう。……相槌だ。このリポーター、相槌のタイミングと頷きの声が、絶妙にうまいのだ。どういうわけか、もっともっと喋ってしまいたくなる。

が、

「ああ、もっとお話、聞きたかったんですけどぉ、打ち合わせに行かなくちゃぁ」

と、進行に巻きが入ったときのように、リポーターは早口で一方的に話題を中断した。

この容赦なさも、ある意味才能か。

一人残された私に、

「では、今日はどんな感じにしますか？　前と同じで？」

と、メイクさんが鏡越しに訊いてきた。思い出せなかったが、前は……どんな感じだったかしら？

「はい。前と同じで……」

と、言ってみる。

「では、美魔女風に仕上げますね」

美魔女風？ 嘘でしょう？

……ああ、思い出した。半年前、「どんな感じにしますか？」と訊かれ、「お任せします」と答えたんだった。そうか、あれは美魔女風だったんだ。ただの厚化粧のおばさんだったけれど。……まあ、素材が悪いから、パチモノの美魔女〝風〟にしかならないのは仕方がない。

……ああ、さらに思い出した。半年前、顔と髪型はゴージャスなのに服があまりに地味すぎて、なんだか出勤前のスナックのママみたいな仕上がりになってしまった。……それで、純子は訊いたのか。「服は、それでいいの？」と。

「あ」

私は、鏡越しのメイクさんに、すがるように言った。

「美魔女風ではなくて。今日は……この服に合った感じにしてください」

2

「それで昨日の陽子は、なんだかオーラがなかったのね。セットの保護色みたいになってた。まるで、カメレオン」

吉澤(よしざわ)久美子が、メニュー片手にケラケラと笑った。

「ヤダ、昨日の番組、見たの？」私は声を潜(ひそ)めた。

「もちろんよ、あれ、毎朝見ている。だって、純子の番組だもん」

「私の番組ってことはないわよ」

メニューを眺めながら、純子。「私は、所詮、制作会社から出向の、お手伝いプロデューサー。実権を握っているのは、局プロデューサー様よ」

「それでも、純子の番組であることには間違いないじゃん。視聴率も結構いいんでしょう？」

「まあ、ぼちぼちよ」

「それにしても、問題は、昨日の陽子よ」久美子が、私のほうを刺すように見た。「なんだか、借りてきた猫みたいな感じで、置物みたいだったよ」

駄目出しされて、ちょっと傷つく。でも、こっちにだって言い分はある。

「だって、実際に、〝借りてきた猫〟だったんだもの。出演依頼の電話が入ったの、その前日の夜だったんだから。ただのピンチヒッターよ」

「あら、ピンチヒッターって重要なのよ。試合の大事な局面で起用されるもんなんだから。純子だって、何かしらの期待を込めて、陽子に出演を依頼したんだろうから、ちゃんと期待には応えないと」

「……そんなこと言ったって」

私は、バッグからウェットティッシュを取り出すと、その一枚を引き抜いた。

ホテルニューオータニのダイニング。今日は、「未婚女子会ランチ」の日だ。

半年前、中学の同窓会で再会した未婚の五人。中学時代はその存在を意識していても積極的に交わることがなかった五人だったが、今では、月一で会うほどの仲だ。

が、いつまで続くだろうか。……たぶん、長くは続かないだろう。そんな予感がする。

事実、「定期的にランチ会、やろう！」と言い出した裕子は、ここ二回ほど欠席している。今日も、欠席だ。真由美もそうだ。朝、ＬＩＮＥに「今日は欠席します」と短いメッセージが残されていた。

「男よ、男」

久美子が、メニューを団扇（うちわ）代わりにしながら、唇を歪めた。

「あの二人、どうやら、男ができたみたいよ。……これだから、女の友情って――」

しかしウェイターがやってきたので、久美子はとっさに笑みを作った。そして、「ランチセットのハンバーグ、三つお願いします。あと、パンケーキも、三つね」と、私たちの分まで注文した。

相変わらずね。

私と純子は、苦笑いしながら顔を見合わせた。

久美子の仕切り体質は、たぶん、死ぬまで修正されることはないだろう。中学時代もそうだった。人の意見を聞かずにちゃっちゃと仕切ってしまうことが多く、それで、合唱コンクールのときはひと騒動あった。久美子が勝手に選曲してしまったからだ。当の久美子はそれでよかったと今でも思っていることだろう。自分が決めなかったら、合唱コンクールの日まで曲は決まっていなかったはずだと信じている。……まあ、確かにそうかもしれないが、でも、久美子の場合、やり方が少々独裁的で強引なのだ。根回し……というものを一切しない。今だって、私たちの意見など一つも聞かずに、勝手に注文してしまった。……まあ、でも、私もハンバーグのランチセットにするつもりだったから、いいけれど。……でも、パンケーキは。

「何言っているのよ、ここに来てパンケーキを食べないなんて、京都に行って法隆寺に行かないようなものよ」

「法隆寺は、奈良」すかさず、純子がツッコミを入れる。

「あれ？　そうだった？　……じゃ、浅草寺（せんそうじ）？」

「東京に戻ってるじゃん」

テーブルに、笑いが上がる。

まったく、この二人のやりとりは相変わらず漫才。当人たちにはその自覚はないのかもしれないが、本当に阿吽（あうん）の呼吸で、どんなに深刻な喧嘩をしているときだって、つい、笑ってしまう。

「そんなことより、久美子。……〝男〟って？」

純子が、話の続きをねだるように、身を乗り出した。

「え？」

「だから、さっき、『男よ、男』って」

「ああ。……なんでも、真由美、結婚が近いみたいよ」

「マジ？」「嘘」

純子と私の声が綺麗にハモる。

真由美は、通販会社に勤めている。といってもいわゆる派遣社員で、……こんなことをいうのはなんだが、五人の中では一番、生活が不安定だ。だから、五人で会うときは、真由美の収入に見合った場所を選んでいた。……もちろん場所を選ぶのはもっぱら久美子なのだが。久美子はただの仕切り屋ではなく、絶妙なバランス感覚を持ち合わせている。だから、どんなに強引でも独裁的でも根回ししなくても、嫌われることはないのだ。久美子が選択したものは、結局みんなが納得するような着地点なのだから。

が、真由美は、そんな久美子の心遣いを知ってか知らずか、毎回、小さな棘をプチプチ刺しまくっていた。前のランチ会のときは、サービスがよくないだとか、料理がしょぼいだとか、散々、小言を漏らしていた。

正直、ちょっとうんざりだった。真由美の小言は中学生の頃からで、何か会話をしていても必ず否定から入ってくる。例えば「昨夜放送されたドラマ、面白かったよね」と言えば「そう？　私には全然面白くなかった。そもそも話が古いよ。今どきホームドラマって」と返ってくる。また、クラスで何か決まりかけると、「でも、……それって」と、毎回横槍を入れてきたものだ。

それは四十を過ぎても健在で、真由美の小言で場がしらけることも度々だった。だから、今日、真由美が欠席と聞いて、ちょっとホッとしていたのだ。今日は、あの子の小言を聞かずに済む……と。

そんな真由美が、結婚？

私の中で、訳の分からないいろんな感情が洗濯機の脱水時のように渦巻く。この感情の渦巻き、もう何度目だろうか。もう、数え切れない。誰かが結婚と聞くたびに、これがやってくる。……でも、今日の渦巻きは、いつもとちょっと違った。

「よかったじゃん」

私は、心からそう思った。

四十過ぎで非正規社員の真由美のこれからは、決して安泰ではない。有り体にいえば、これからますます悪化する一方だろう。年齢が上がれば上がるほど派遣先の選択肢も減り、たぶん、時給も減らされる。仮にこのまま働いて年金を受け取れる年齢を迎えることができたとしても、正社員と違ってその年金は微々たるものだ。……「老後破綻」という言葉が浮かんできて、ぞっとする。そんなことなら、いっそ結婚したほうがいい。結婚すれば、経済的負担は二分の一になるのだし、収入だって倍になる。……もっとも、これは相手によるのだが。逆に、負担が増える恐れもある。が、それでも、今のように不安定なまま老後を迎えるよりは、いくらかマシだ。真由美のような境遇ならば。

「本当によかった」純子も同じ考えなのか、行き遅れの娘を持つ母のようにウンウンと頷いた。「これで、真由美、借金返済も少しは楽になるんじゃないかしら」

……え？　真由美、借金があったの？

「奨学金だって。……真由美、高校時代から大学まで奨学金を借りていたらしくて、その返済がまだ終わってないって聞いたよ。……月々の返済が結構な額らしくてね。……こうなると、サラ金とかと同じだよね、奨学金」

……そうなんだ。

「結婚が本当だとすると——」

久美子が、付けまつ毛を気にしながら言った。

「再婚になるわね、真由美」

「え？　再婚？」「結婚してたの？」私と純子の声が、また綺麗にハモった。

「いやだ、知らなかったの？　真由美、二十代の頃、一度結婚しているのよ。二年ぐらいですぐに離婚しちゃったけど」久美子が得意げに、腕を組む。

「だから、真由美、心の中では私たち未婚女のことを見下してたのよ。……気づかなかった？」

……見下されてた？　私たちのほうが？

「そうよ。そりゃ、収入や社会的地位は、私たちのほうが断然上よ。でも、真由美の物差しでは、そんなもの、なんの価値もない。真由美にとって重要なのは、〝女としての幸せ〟。つまり、〝結婚〟なのよ。だから、陽子が小説家として成功しても、純子の手がける番組が高視聴率をとっても、そんなの、真由美にとっては無意味なのよ」

……無意味。

「なんだかんだ言ってさ。真由美のような考え方の人間のほうが、この世の中には多いと思うよ。つまり、私たちは世間から見れば、悲しき〝underdog〟なのよ」

underdog。……負け犬。

「負け犬だとしても」

純子が、唇を尖らせた。「私は、断然、今のほうがいい。今が幸せ」

「もちろん、私だって幸せよ」久美子も唇を突き出した。「でもね、残念ながら、私たちは〝幸せ〟そうには見られていないのよ、世間的には。バカにされているのよ。……どんなに仕事ができてお金があっても、独り身なんてかわいそう……って、見下されているのよ」

「そうかな？」純子の唇が、ふと、綻(ほころ)ぶ。「本当は、違うんじゃない？　幸せそうに見えるから、……だから、世間は私たちのような女をバカにしたり見下したりするんじゃない？」

「え？　どういうこと？」今度は、久美子が身を乗り出した。

「前に、ゲスト出演してくれた心理学者の先生がおっしゃってたわ。……世間っていうのは、本当に不幸せで哀れな人に対しては、あからさまに見下したりバカにしたりすることはないんだって。……バカにしたり見下したりするのは、自分より明らかに恵まれていて幸せそうな人に対してのみ……なんですってよ」

「どういうこと？」今度は、私が身を乗り出した。

「だから、〝嫉妬〟よ。妬(ねた)み嫉(そね)み」

「嫉妬……」私の腕に、鳥肌が立つ。

「独り身は呑気に女子会だランチだ旅行だ自分磨きだ……って楽しそうに暮らしている。一方、結婚している自分はいろんな面倒を抱え込みいろんな苦労を背負っている。子供がいれば尚更だ。こんな不公平ってある？　こんな不条理ってある？　……という嫉妬心が根底にあるもんなんですって。つまり、世間は、私たちのような女が目障りで仕方がない。または、こうも考えているのかもね。私たちが幸せそうにしていると、結婚制度そのものが破綻する……って。だから、世間は、私たちを見下し、同情するのよ。そして、『結婚してこそ、本当の幸せがある』とかなんとかいって、自分たちと同じ場所まで引きずり下ろそうとするんだって。……結婚という蟻地獄にね」

「なるほど。……うん、それ、よく分かる」久美子が、深く頷いた。「職場の子持ちスタッフもよく口にしているわ。『子供ができると、世界が変わる。これを体験しない人生なんて……』みたいなことをね。でも、彼女たち、全然、幸せそうじゃない。いっつも何かに急き立てられて、いっつも余裕がなくて。……愚痴も多いしね」

久美子は、乗り出した体を椅子の背もたれに戻し、一人、ウンウンと頷くと続けた。

「〝結婚〟なんていう封建的な制度は、所詮は足枷なのよ。つまり、奴隷契約のようなもの。でも、そんなことを言ったら身も蓋もないから、〝愛〟なんていう曖昧な感情論で誤魔化している。……本当は皆、心のどこかでは分かっているはず。一人で生きていけるだけの経済力があるならば、結婚する意味なんて何もないことを。……子供だってそう。みんな、バカみたいに欲しがるけれど、内心はどうなのかしら？　子供を欲しいと思うのは動物としての本能だともいうけれど。本当にそう？　ただ、親や世間に『子供は？　子供は？』とけしかけられるから、『子供を作らなくちゃ』という強迫観念に縛られているだけじゃないの？　……って」

「そういえば」

純子が、久美子の持論に裏付けしていく。

「前にゲストで来てくれた社会学の先生は、こんなことをおっしゃってた。『女は弱し、されど母は強し』の本当の意味。……ただの〝女〟のままではなんの権利もないけれど、〝男子〟を産むことで、男子の〝母〟という人権がようやく認められる。つまり、〝男子〟を産むことでようやく人として認められる……ということらしいわよ。だから、同じ〝母〟でも、〝男子〟を産まないと意味がない。……そんな時代がかつてあって、その名残が今も息づいているんだって」

「なるほど」私は、唸るように頷いた。「男女平等なんて言われはじめたのは最近のことだものね、人類の長い歴史の中では。……人権先進国って言われている英国だって、ほんの百年ぐらい前までは、女子には選挙権はもちろん相続権だってなかったんだから。どんなに娘がいても、男子がいない家は断絶するか遠い親戚の男子に継がせるしかない。そして娘は、外の男を捕まえて嫁に行くしか生きていく道はない。……だから、オースティンの『高慢と偏見』のような傑作が生まれたわけで……」

「『高慢と偏見』。懐かしいわね。……確か、中学生のとき、陽子、その小説の感想文で賞を獲ったよね？」

純子が、嫌なことを思い出させる。……ええ、確かに、賞を獲った。でも、その賞状は盗まれ、しかもトイレに捨ててあった。びりびりに破られて。

「〝子供〟、それも〝男子〟を産んで、ようやく一人前の人間か」

久美子が、つくづくと言葉を嚙みしめた。

「そんな封建的な考えが、今でも脈々と受け継がれているなんてさ。……私は、心底、いらないけどな、子供。自分の人生は自分のためだけに生きたいもの。それに、……あんな子供時代を、自分の子供に味わわせたくないもん」

久美子が声を詰まらせた。

聞いた話だと、久美子は小学生時代、ひどいイジメにあっていたという。その原因は分からない。たぶん、その仕切り屋な性格が何か災いしたのだろう。

……私もそうだ。小学校、中学校と、あまりいい思い出はない。特に小学生のときは……。

「ほんと、そうね」純子が、独り言のようにつぶやいた。「子供ができたら、あのややこしい人間関係を、今度は親として再現しなくちゃいけないんだから。今は、その人間関係は私たちの頃よりもっと複雑で面倒で。……考えただけで、ぞっとする。私も、子供なんていらない」

「でも」久美子が、相変わらず付けまつ毛を気にしながら言った。「そんなこと、既婚者や子持ちの人の前で、言っちゃダメよ。そういう人の前では、『あなたが羨ましい。私なんて、寂しい人生』って謙るのが正解なんだって。でなきゃ、悪意の矢があちこちから飛んでくる。ネットでリア充のブログが炎上するようにね。この世は、想像以上に悪意に塗れているのよ。だから、私たちは、世間の押す烙印に従って、『不幸な独り身』を演じるしか——」

久美子がそこまで言いかけたところで、ランチセットの前菜が運ばれてきた。

ウェイターが去ると、純子が話をつないだ。

「……私は、今が本当に幸せだと思っている。仕事は充実しているし、経済的にも不満はない。……でもね、時々思うのよ。もし、結婚していたらって」

「まあ、それは、私も考えるよ」久美子が、フォークにスモークサーモンを絡ませながら言った。「私もさ、二十代のとき、真剣に結婚を考えていた相手がいた。……まあダメになっちゃったけど。そのときにね、占い師から言われたのよ。あなたは、結婚しないほうが運が開ける……って。結婚したら、むしろ不幸になるって」

「へー、占い師が？」

「そう。その占い師曰く、人の運は人それぞれで、結婚して開運する人もいれば、未婚のままでいたほうがいい人もいる……って。つまり、結婚だけが〝幸せ〟じゃないのよって」

「占いって、案外、合理的なのね」

「そのとき、私、今にも死にそうな感じだったから、慰めてくれただけなのかもしれないけれど。……でも、その占い師さんの言う通りだった。結婚を諦めたから、今の仕事にも就けた。……ファイナンシャルプランナーっていう天職にね」

「まさに、人間万事塞翁が馬ね。……私もそうだな。……大学を卒業して、映画会社に就職したんだけど。そのときに知り合った人と、婚約までいったのよ。でも、いろいろあってね、ご破算。で、会社を辞めて、今の制作プロダクションに転職して。……それからはとんとん拍子だったな。ヒット番組にも恵まれて」

「陽子は？　……陽子は結婚、考えたこと、ある？」

純子と久美子の視線が、同時に集まった。

「え？　私？」

フォークに載せたジュレが、ポロリとテーブルに落ちる。

「……そりゃ、もちろんあるよ」

そう、それは二十八歳のとき。大学時代から付き合っていた彼と結婚しようか……というところまでいった。が、そんなとき――。私は、そのときの経緯を、冗談交じりで語って聞かせた。

「なるほど」純子が、申し訳なさそうに、目を伏せた。

……そんな顔しないでよ。もう大昔の話で、今となっては笑い話なんだから。だから、笑ってよ。

「……もしかして、そのときの経験が、デビュー作につながっているの？」

が、久美子まで、バツの悪そうな表情で声を潜めた。「だって、確か、デビュー作のタイトルは、『ピローフレンド』」

「ピンポーン」

私は、あえてバカっぽく、答えた。「そう。そのときの経験を文章にして、ケータイ小説の懸賞に送ってみたの。そしたら、入選。賞金五百万円ゲットよ！　しかも、本になったら、これまたバカ売れで。印税、一千万円ゲット！」

が、純子も久美子も、ピクリとも笑わない。

私は、さらに声のトーンを上げると、おどけるように言った。

「あの男のおかげで、今の私があるんだから、ある意味、恩人よ。……ほんと、あのとき、結婚しなくてよかった！　占い師さんの言う通りだよ。結婚しないほうが幸せをつかむ運勢ってあるのよ、間違いなく」

「そ、……そうだね」「うん、まったくその通りだね」

純子と久美子が、歯切れ悪く応える。

……それも仕方ない。たぶん、この二人は、私のデビュー作を読んでいる。

……結婚を意識していた男に呼び出されて、酒を大量に飲まされて、意識を失い、気がつけば、知らない数人の男に輪姦されていた女の物語を。……そのときに、男の一人が言った言葉。〝公衆便所〟。……女は初めて理解した。あの男にとって、自分はいつでもヤれる〝便器〟に過ぎないんだと。だったら、〝便器〟に徹しよう。誰もが羨む〝便器〟に。

……そんな決意のもと、女は男を次々と……。

「なんだかんだ言ってさ」

沈んだ空気を変えようとでもいうのか、久美子が、いきなり声を張り上げた。「なんだかんだ言って、私も、実は結婚願望がまだあるのかな……って。だって、私、今も時々夢に見ちゃうんだよね。結婚する夢をね。でも、それはいつだって悪夢。目が覚めて、『あー、夢でよかった』って。……陽子の影響だよ」

「え？　私？」

「そう。……中学生のとき……朝礼の三分間スピーチのとき、陽子、話していたじゃない。

そう。『向こう側の、ヨーコ』、これが正解だ。

「あー、覚えている」純子が、手を叩きながら声を張り上げた。「あのスピーチ、めちゃめちゃ面白かった！　なんか、ちょっとした映画でも見ている感じで！　……でも、『もうひとりのヨーコ』だった？『向こう側のヨーコ』じゃなかった？」

……もうひとりのヨーコ。

『もうひとりのヨーコ』の話を

＋

……皆さん。夢はよく見ますか？　あ、希望や願望を指す〝夢〟のことではなく、眠っているときに見る〝夢〟です。

古来、夢は、体から抜け出した魂が実際に経験したものだ……と信じられていました。あるいは、神や悪魔のお告げ……だと信じる者もいました。つまり、睡眠時の夢と覚醒中の現実には境界線はなく、地続きだと思われていたのです。

ところが、近年、夢は幻覚の一種だと認識されるようになりました。つまり、夢と現実の境に、明確な線が引かれたのです。また、フロイトやユングなどの研究によって、夢は深層心理または無意識を表す象徴だということも分かってきました。

最近では、夢はレム睡眠時に現れることが分かっています。レム睡眠とは、体は休眠状態なのに、脳は覚醒状態にあることをいいます。

このレム睡眠時に、記憶を司る部位が過去の記憶をランダムにアウトプットするんだそうです。その記憶の断片が脳内でコラージュされ、それが〝夢〟と呼ばれる幻覚となるんだそうです。

が、〝夢〟は、未だに謎が多いのです。幻覚であったとしても、深層心理の象徴であったとしても、記憶のコラージュだったとしても、それでは説明がつかない夢もある。

さて、私には、よく見る夢があります。それは、私自身の夢です。

その夢を見るようになったのは、私が小学校のときでした。

今でもよく覚えています。

ある夜、母が私を外に連れ出しました。母は言いました。

「いい？　これからは、私一人で陽子を育てるからね。パパはもういないんだからね」

意味が分かりませんでした。なんで？　と訊いても、

「パパのことは、もう忘れなさい」と言うばかり。

そして、私たちは東京駅に向かい、寝台列車に乗りました。その列車には覚えがありました。おばあちゃんの家に行くときに乗ったことがあります。

「ああ、きっと、おばあちゃんの家に行くんだな」と私は思いました。

と、同時に、なんとも言えない不安も押し寄せてきました。

なぜって。母とおばあちゃんは仲が悪く、おばあちゃんの家に行くと必ず喧嘩をしていましたから。実は、私も、おばあちゃんが苦手だったのです。……いっつもお酒くさくて。

それに、おばあちゃんの家はとても古くて、……汲み取り便所でした。しかも、外の離れにあるんです。とっても暗くて薄気味悪い汲み取り便所。どうしても行きたくなくて、私は度々、おもらししたものでした。そのたびに、おばあちゃんにひどく叩かれて。

そんなところにまた行くのか。トイレ、どうしよう……などと考えているうちに、私は寝てしまいました。

その寝入り端、車掌さんがやってきたのを覚えています。

車掌さんは言いました。

「お子さん、一人で？」

母は答えました。

「はい。どうか、よろしくお願いします。終点の駅でこの子の祖母が待っていますので。……引き渡してやってください」

え？　私一人で？　私、一人でおばあちゃんちに行くの？　ママは？　ママは一緒じゃないの？

「それでは、よろしくお願いします」

ママ、ママ、ママ、どこ行くの？　一人にしないで、ママ！

が、声にはなりません。私の体は完全に眠ってしまっていたのです。でも、脳だけは活動している。まさに、レム睡眠状態。

ママ、ママ、一人は嫌だよ！　ママ、ママ、おばあちゃんのとこに行くの、嫌だよ！　だって、汲み取りなんだよ？　あんなおトイレ、行きたくない、行きたくない、行きたくない！

……と叫んだところで、私は激しい尿意を覚え、目を開けました。

視界に広がるのは、見慣れた光景です。

そう、我が家でした。

「陽子、起きなさい。いつまで寝てるの？　陽子！」

母の声がします。

「おい、陽子、遅刻するぞ！　起きろ！」

父の声もします。

いつもはここで「うるさいなー」と反抗する私ですが、そのときは「パパ！」と抱きついてしまいました。

嬉しかったからです。あれがすべて夢だったことが。

嬉しくて仕方ありませんでした。

ああ。夢でよかった！

ところが。私はその日を境に、度々、悪夢にうなされるようになります。そう、あの夢の続きを、私は見るようになったのです。

一人、おばあちゃんちに送られた私自身の夢です。

夢の中の私は、私と同スピードで成長しています。つまり、同じ時間の流れで生きているのです。ただ違うのは、その時空です。どうやら、夢の中の私は、もう一つの世界を生きているようなのです。

ところで、パラレルワールドというのを聞いたことがあるでしょうか？　SFではおなじみの言葉なんですが、つまり、並行世界のことをいいます。私が今こうやってスピーチしている現実世界とは別の、もう一つの世界。

……もっと簡単に言いましょう。

私たちは日々、何かしらの選択に迫られています。例えば。……そう、今日はとても寒いですよね。朝起きて、「このまま寝ていたい。仮病を使って学校を休んじゃえ！」と思った人も多いのではないでしょうか？　私もそうです。でも、私はちゃんと、学校に来ました。だから、今という現実があります。

が、仮に、学校に行かない選択をしていたら？　そう、学校に行かずまだ寝ている私
……というもう一つの世界が発生するのです。

こんな感じで私の世界は、選択肢の分、無限に存在しています。皆さんの世界もそうです。この現実は、無限の選択肢の一つに過ぎない。では、違う選択をしたもう一人の自分は……。

……これが、パラレルワールドの観念です。

つまり、もう一人の私が生きる、もう一つの世界。


ところで。後から聞いた話なのですが。

私が小学校のときに、両親は離婚する可能性がありました。そのとき、私は母が引き取り、母方の祖母に預ける……というところまで、話が進んだそうです。が、両親は離婚を思いとどまり、今では何事もなく仲良く暮らしています。

で、思ったのです。

夢の中の私は、両親が離婚を選んでしまった世界の、もう一人の私なんじゃないかと。

だとすると、両親が離婚を踏みとどまってくれて、本当に助かりました。

だって、夢の中の……向こう側のヨーコは、あまりに可哀想なのです。

昨日も、ヨーコの夢を見ました。

ヨーコは、私と同じ中学三年生です。……でも、なんだかとっても大変そうなのです。金銭的な問題で、志望した高校に行けないかもしれないと、泣いていました。あ。時間、過ぎてますね。しゃべりすぎました。ごめんなさい。ありがとうございました。これで、「向こう側の、ヨーコ」の話は終わりです。

＋

「今もよく見るよ、向こう側のヨーコの夢を」

パンにオリーブオイルをまぶしながら、私は言った。

「今も？」久美子が、興味津々の瞳で身を乗り出した。「向こう側のヨーコは、今、何しているの？」

「結婚している。結婚して、子供が一人」

「よかった！　じゃ、幸せなんだね？」ナプキンで口元を拭いながら、純子。

「……幸せ？」私は、唇を歪めた。あれは、とても幸せそうには見えない。だって、夢を見るたびに私はヘトヘトになる。

「……昨日も見たよ。向こう側のヨーコの夢を」

「どんな？」「どんな夢？」久美子と純子の四つの目が、同時にこちらに集まる。

「……クイズ番組に出ているの。……で、答えられなくて」

「クイズ番組？」「なんで、クイズ番組に？」

「分からない。とにかく、クイズ番組に出ていて。……ね、一九七四年生まれの女の子で、一番多い名前はなんだと思う？」

「一九七四年？　私たちが生まれた年だね」言いながら、純子がスマートフォンを操作しはじめた。

「……あ、あった。一九七四年の赤ちゃんの名前ランキング。……五位が純子。……やっだ。私の名前じゃん。……そして四位が久美子」

「私の名前が、四位？　確かに、私の周り、久美子だらけ」

久美子も、スマートフォンを取り出した。そして、

「三位は真由美。……真由美って名前も、多いよね、言われれば。……そして二位が裕子。あー、これも多いわ、どのクラスにも必ずいたもの！　……で、一位は――」

「陽子」

今度こそ正解を逃さないとばかりに、私は答えた。

「そうなのよ、この年に生まれた女の子の最大マジョリティーは、〝陽子〟。私の名前。……なのに、夢の中のヨーコは、それが分からなくて――」

ここまで言って、久美子と純子の様子がおかしいことに気がついた私は、

「……どうしたの？」と声をかけてみた。

久美子も純子も、スマートフォンを見つめながら青ざめている。

「ね、どうしたの？」

私の問いかけに、純子がやおら顔を上げた。

「……ネットニュースを見てみて。……裕子が。……裕子が死んだって」

「え？」

言われて、私も慌てて、スマートフォンを取り出した。

そして、いつもの検索サイトを表示させると、そのトップニュースに『喜多見裕子』の文字。

東京都港区六本木のマンション敷地内で、11月30日未明、切断された遺体が見つかった。

警視庁は、遺体は喜多見裕子さん（43）と見て、調査を進めている。

B面

「裕子、……裕子、しっかりして、裕子！」
目の前で、裕子がぐったりしている。顔は、ティッシュのように白い。
……死んでいるの？
どうしよう？　死んじゃったの？
嘘でしょう？　死んじゃってるの？
「裕子、裕子、裕子！」
揺さぶる私の手。でも、感覚はない。
あれ？
……そうか。
……これ、夢だ。
……私、夢を見ているんだ。

……いつものように夢を見ているんだ。

……なんだ。

……夢で、……よかった。

3

時計を見てみると、朝の五時二十八分。

起きなくちゃ。

……でも、あと二分。……あと一分。

ああ、どうして私は、眠りたいだけ眠れないのだろう。体が完全に覚醒するそのときまで布団の中にいることができないのだろう。爽快な気分で起きた例(ため)しがない。思えば、「あー、よく寝た。よし、今日も一日、頑張るぞ!」などと爽快な気分で起きた例しがない。いつだって、うだうだと、あと二分、あと一分……などと呪文のようにつぶやきながら、まるで刑場に連れていかれる死刑囚のように往生際悪く、布団にしがみついている。

そもそも、なんで、こんな早い時間に起きなくちゃいけないのだろう?

分かっている。

七時四十五分に家を出る中学一年生の息子を起こすのが六時四十五分。七時十五分に家を出る夫を起こすのが六時十五分。逆算すると、遅くとも五時半に起きなくてはならないことは。だって、夫と息子を起こすまでに朝食を準備して、夫のお弁当を作って、息子の服を――。

……ああ、そうだ。昨日取り込んだまま放置してある洗濯物にアイロンをかけてたたんでおかないと。あの中に、息子の体操着も入っている。今日は、体育がある日だ。起きないと。

布団の端から目玉だけを動かして窓を見やると、カーテンがうっすらと湿っている。結露だ。……今日も寒いんだろうな。そういえば、天気予報では、この秋一番の冷え込みだと。

ああ、窓も拭かなくちゃ。

放っておくと、あっという間にカビだらけになる。リビングの窓が、まさにそうだ。夫にも叱られたばかりだ。「掃除しろよ」

あ、そうだ。給食費って、今日じゃなかった？　そうよ、今日よ。それも用意しなくちゃ。

……ああ。でも、あと、一分。……三十秒でもいい。

お願い、神様。あと、もう少し。

………………。

ああ、神様、神様。なんで、私は起きなくてはならないんでしょうか？

どうして？

こんな寒い朝、私はいつも考える。

もし、私が独り身だったら。

そしたら、少なくとも、あと一時間は長く眠れたはずなのに。

そうだ。仮に九時出社の会社に勤めているとして。通勤時間一時間だとしても、八時前に家を出ればいいのだから、七時に起きれば楽勝だ。

なのに、なんで私は、五時半に起きなくてはならないのか。まだ、日も昇っていないというのに。

分かっている。

これが、妻または母親の務めであり、役割だということは。

でも、こんなとき、私はどうしても考えてしまうのだ。

あのとき、〝結婚〟を選択しなかったら、今頃、私は。

＋

八時。……嵐は過ぎた。夫も息子もようやく出かけた。私は、ヘナヘナと椅子に崩れ落ちる。

結局、目覚ましが鳴る五時半ちょっと前にベッドから抜け出し、目覚ましのけたたましいベルが鳴る前に停止ボタンを押した。こんなのが鳴ったら、また夫に何を言われるか分からない。

「うるさい、眠らせてくれ、疲れているんだ」

夫という人種は、こういうセリフを吐き出すように、あらかじめプログラムされているのかと思う。先日見たドラマの中の夫も、同じようなことを吐き出していた。

「はいはい、分かりました、分かりました」

妻という人種もまた、このセリフをつぶやくようにプログラムされているのかもしれない。

この朝、私は少なくとも七回はこのセリフをつぶやいていた。

起こすのが遅いと愚痴る夫に、体操着が湿っていると文句を言う息子に。

いちいち反論していた時期もある。が、それは賢明な方法ではないと気づいた五年ほど前から、不本意だが、こちらが一方的に折れることにしている。もちろん、それに慣れるまでには時間がかかった。なんで私が？　というストレスで頭がおかしくなりそうなこともあった。が、今では、率先してつぶやいている。

「はいはい、分かりました、分かりました」

そう。ボタンを押せばいつでも再生される機械音のように、私は、このセリフを使いこなしている。

でも、ふと、考えるときがある。このままいったら、私は本当に機械になってしまうんじゃないか？　と。

四十二歳。

平均寿命まで生きたとして、あと四十五年。私は、「はいはい、分かりました、分かりました」を繰り返しながら生きていくのか。毎朝、五時半に起こされて。

とてつもない疲労感が落ちてくる。

時計を見ると、八時五分。九時十五分には私もパートに出かけなくてはならない。それまでの約一時間が、私にとって唯一の休息時間だ。誰にも邪魔されず、一人でいられる。

がががががが……。

先ほどスタートボタンを押した洗濯機が順調に回転している。脱水が終わるまであと十分ほど。

ということは、十分は、眠れるかしら？

……お願い、寝かせて。……とても眠いの。だから、あと、十分。

4

「え？　裕子が死んだって？」

真由美が、その手を止めた。スプーンに載せたカレーが、ぽとりぽとりと滴り落ちる。

「ううん、違うわよ。夢よ、夢」私は、慌てて付け加えた。「昨夜、……見た夢の話よ」

「なんだ。夢か。……夢でも――」

その顔は笑っているのか、怒っているのか。はたまた、呆れているのか。

「……滅多なことを言うもんじゃないわよ」真由美は声を潜めると、耳打ちするように言った。「また、変な噂、立てられるから」

言われて、指の先がひんやり冷たくなる。私は、慌てて、箸を握りしめた。

八王子市と多摩市の境にある、通販会社G社の事務センター。

ここのパートに応募したのは、一年前だ。自宅から自転車で二十分。少々遠いが、時給は悪くなかった。そして、勤務時間も自由に選べる。なにより、G社といえば指折りの大手だ。パートといえど、そこに籍を置いておけば何かと都合がいいんじゃないか、少なくとも自己紹介するときに「G社」で働いています……と言っておけば格好がつく。……が、いざ働いてみると、「あ、こんなはずじゃなかった」という後悔が毎日のように湧き起こった。とにかく、いろいろと面倒なのだ。

まずは、働いているのがほぼ女性だということ。

だから、女性特有のいざこざが絶えない。昨日も、一悶着あった。パートの一人が自殺を図ったのだそうだ。未遂で終わり軽傷で済んだのだが、その原因がネット掲示板の誹謗中傷だという。「役立たず」だの「死ねばいいのに」だの書かれたらしい。匿名掲示板なので誰が書き込んだのかは分からないが、本人は、ここで働く誰かが書き込んだに違いないと言い張り、そのせいで正社員を巻き込む大騒動になり、緊急ミーティングが開かれる始末。定時を過ぎても退社できなかった。これほど事が大きくなったのは今回が初めてだが、小さないざこざは日常茶飯事だ。今朝も、仲間はずれにしただのしないだので、パート同士が激しく言い合っていた。

次に面倒なのが、その勤務形態。

大半は、私と同じパート社員だ。というのも、Ｇ社がここに事務センターを移したのが一年前、そのときパートを大量に採用したのだ。私もその一人で、新聞の折り込みチラシを見て、その日に履歴書を送ったのだった。そんな私のような女性が、二百人ほど働いている。この事務センターの最大派閥だ。いうまでもなく地元の主婦ばかりで、しかもほとんどの人が就学中の子供を持っていて、ＰＴＡでの人間関係がそのまま平行移動したような格好だ。事実、私の子供が通う中学校のPTAの会員も相当数いる。これが、想像以上にしんどい。職場で悪い印象を持たれたり、トラブルに巻き込まれたりすると、それがそのまま子供の人間関係に影響するからだ。仕事をしているときぐらいは、学校の人間関係からは解放されたいのに。

だからなのかもしれない。食堂で真由美とこうやって向き合っているときが、一番、ほっとする。

笹谷真由美。身分は派遣社員。

派遣社員はこの事務センターで二番目に大きな派閥だが、パートに比べれば断然少ない。三十人いるかいないかだ。彼女たちはパート社員を管理する「リーダー」という職を与えられ、一つのチームを任されている。私のチームのリーダーも派遣社員だが、昨日の一悶着で限界を感じたのか、今日は出社していない。

一方、真由美は、まったく違うチームのリーダーだ。フロアも違うので本来ならば顔を突き合わすこともないのだが、半年前、たまたま帰りが一緒になった。私が少し残業して、彼女が早退したことで、たまたま駐輪場でかち合ったのだった。

「あなたが、ヨーコさん？」

いきなり、そんなことを訊かれた。

「え？」

「前に、一週間ぐらい自転車がずっとここに停めてあって」

「ああ、すみません。職場で腰を痛めたことがあって。それで、自転車をここに置きっぱなしにして、バス通勤していたことがあるんです」

「ああ、そうなんだ。よかった。何かあったのかな？　……って」

「すみません。……ご迷惑をおかけしたでしょうか？」

「ううん。何も。……ただ、心配だっただけ。この事務センター、パートの定着率悪いじゃないですか。だから、自転車をそのままにして辞めちゃったのかな……って。よほどのことがあったのかな……って」

「あ、ご心配おかけして、すみません。……そうですよね、一週間も放置しちゃいけませんよね。以後、気をつけます」

「やだ、何も責めているわけじゃないんだから、謝らないでください」

「すみません……。あ」

ようやく二人に笑いが起こった。空気が和んだところで、私は気になっていたことを訊いてみた。

「ところで、なんで、私の名前を？」

「だって、あなたの自転車に、〝ヨーコ〟って」

それは、息子が幼稚園の頃、貼り付けたシールだった。お気に入りのシールに覚えたている。
のカタカナで私の名前を書いて、貼り付けたのだ。何か嬉しくて、今もこうやって残して

「そうなんだ。お子さんがいるんですね。……何歳？」

「中学一年なんです。反抗期っていうんですか？　もう、とにかく利かん坊で――」

子供のこととなると、私も話が長くなる。なんだかんだと話が弾んで、

「……え？　もしかして、私たち、同い歳？」

と、勢いでお互いのプロフィールを紹介し合い、しかも、

「うそっ、ヨーコさん、横浜に住んでいたことがあるの？　私もよ」

などと、過去にまで話が及び、

「横浜は、どこ？」

「戸塚ってところなんだけど、知っている？」

「うそっ、戸塚？　私もよ！　小学校はどこ？」

と、いつの間にかお互い、タメ口。

「北戸塚小学校」

「あ、北戸塚小学校かぁ。……私は西戸塚小学校。……あ、ということは、中学は？　二中？　北戸塚小学校の生徒は、第二中学校だよね？」

「……うん、本当なら、第二中学校に進むはずだったんだけど、……私、小学校のときに、

転校しちゃって」

「あー、そうなんだ。だったら、私たち、もしかしたら、同じ中学校に行っていたかもしれないね。そして、同じクラスだったかも」

気がつけば、一時間は立ち話に花を咲かせていた。

この立ち話をきっかけに、私たちは急速に親しくなっていった。

今では、お互いの名前を呼び捨てで呼び合うほどの仲で、幼馴染のように親しくしている。……といっても、このランチ時間限定の仲だが。

昼休憩は、四十五分。出社時間に応じて、五つのシフトに分かれている。十時出社の私の昼休憩は、午後一時から一時四十五分までの二次シフト組。私が所属するチームには二次シフト組は他に三名いるが、ありがたいことに全員孤食派で、私も、こうやって羽を伸ばすことができる。……羽を伸ばすといっても、食堂で違うチームの真由美と席を共にするだけなのだが。

「ね。……ヨーコはなんで、この事務センターで働くことにしたの？」

カレーをスプーンでかき集めながら、真由美が唐突にそんな質問をした。

「時給かな、やっぱり。……前は、そんなによくなかったし」言ってみたが、それは正しい答えではない。

「前は、どんな仕事を？」

コンビニ。が、即答できなかった。……なんでだろう？　コンビニという職場を馬鹿にしているわけでも見下しているわけでもないが、それを堂々と口にすることができない。……これも、一種の見栄？　そうだ、見栄。いやだ、いやだ。……今更、見栄を張ったところで。

しばらくの間を置いて、

「近くのコンビニで――」と、私はようやく回答する。

「へー、コンビニか。私も、学生の頃、アルバイトしてたよ。結構、楽しかったな。……ヨーコは違ったの？」

「うん、まあね。……客商売、合ってなくてさ」

言ってみたが、これも正しい答えではない。客商売は、むしろ好きだ。営業スマイルも苦ではない。それが、見知らぬ通りがかりの客ならば。

が、あのコンビニでは、少々、勝手が違った。コンビニは子供が通う学校の近くで、いうまでもなく、学校の子供たちはもちろん、その保護者も多く通ってくる。先生も。そのたびに、「あ、翔くんのママ」などと声をかけられ、営業スマイルだけでも疲れるのに「あら、こんにちは」などと、お母さんスマイルも付け加えなくてはいけない。これが、営業スマイル以上に疲れるのだ。が、私以上に嫌がったのは、息子の翔だった。今年十三歳の翔は、何かと「親」という存在を隠したがる。自分にも覚えがある。自分の親を学校関係の人に見られるのが、どことなく恥ずかしい。これも一種の成長の証なのだろうが、翔はそれが人より顕著だった。ちょっと前までは「ママ、ママ」と子犬のようにまとわりついていたのに、中学校に上がった頃から、「ババァ」などと言い出した。叱りつけて「ババァ」はやめさせたが、それでも「おい」とか「ちょっと」とか。夫に言わせれば、それも成長の証で、自分もそうだったのだという。

……そんな翔が、「あのコンビニをこれ以上続けたら、死んでやる！」とまで嫌がったのだった。なんでも、クラスメイトにからかわれたらしい。私がコンビニで働いていることを。……そういえば、特に買うそぶりもない悪ガキどもが、しょっちゅう、店に冷やかしに来ていた。あいつらにからかわれたのか。……そう思った途端、自分まで、何かひどい辱めを受けた気分になった。……辞めたい。でも、家計のことを思えば、辞められない……などと思い悩んでいたときに舞い込んだ、事務センターのパート。飛びつかないわけがなかった。

コンビニのパートの時給が九百五十円、一方、事務センターの時給は千二百五十円。営業スマイルをする必要はなく、悪ガキの嘲笑に晒されることもない。通勤距離が少々長くなったことを除けばいいこと尽くめのはずなのだが、しかし、私はそろそろ限界を感じはじめている。

これだったら、コンビニのパートのほうがマシだった……と思うほどに。

コンビニはすることが多く、だから時間が速く流れる。出勤したと思ったら、もう退勤時間がやってきたものだ。勤務時間は五時間だったが、それがあっという間に過ぎたのだ。が、ここ事務センターでは、時間の流れが恐ろしく遅い。基本、午前十時から午後三時四十五分まで、昼休憩の四十五分を除いて五時間勤務なのだが、その五時間が十時間にも二十時間にも感じるのだ。どうしてだろう？　と考えた。しなくてはいけない仕事は多い。これはコンビニと同じだったが、一番の違いは。……コンビニでは、基本のマニュアルに従えば、ある程度は自分の裁量で仕事を進めることができたし、自由度があった。が、ここでは、一から十までマニュアル通りに進行させなくてはならず、「こうしたほうがいいんじゃないか」とか「こうしたほうが早い」などといった個人的な裁量は一切、認められなかった。たとえ、自分の考えが正しくとも、マニュアルに従わなくてはならないのだ。トイレに行くことすら、自由ではなかった。決められた休み時間以外は、席を立つことも許されない。やむをえない場合は、監視の社員がトイレまでついてくる。

まるで、刑務所だ。

この事務センターに一歩入ったら最後、融通の利かないガチガチのマニュアルとギンギンの監視の目に雁字搦めにされて、自由を奪われる。

「ここでは、お客様の個人情報を何十万、何百万と扱っています。あなたたちが扱うのは大切な情報。命を預かっているも同然なのです。いえ、命以上に大切なのです。これを肝に銘じてください」

この事務センターに採用されたときに、社員に言われた言葉だ。

そう、この事務センターでは、人の命よりも情報のほうが、守らなければならない価値のあるものだった。その情報を守るために、私たち人間のほうがありとあらゆるルールに縛られ、勤務中はこの建物から出ることもできないのだ。

昼休憩の今ですら、私たちは、この食堂で決められた食事をするしかない。お弁当は認められていないからだ。これも情報漏洩防止策の一つで、この建物には、原則、私物は持ち込めないようになっていた。財布ですら。センター内なら、首にぶら下げたＩＤカードで買い物をすることができ、今、私が食べている酢豚定食もカードで購入したものだが、

……これがなんとも味気ない。

本当に、機械になってしまいそうだ。

隣でパスタセットを食べていた女性が、そそくさと食器を片付けはじめた。一次シフトの人だろう、私たち二次シフトよりも十五分早く、職場に戻らなくてはならない。

ということは、もうそんな時間？

私は、おもむろに腕時計を見た。

一時二十七分。

なんてこと。もう、こんな時間。この食堂だけ、時間が進むのが速い。

「それで、……裕子がどうしたって？」

隣に座っていた女性がテーブルを離れたことを確認すると、真由美は言った。見ると、このテーブルに座っているのは、私たちだけだった。

「裕子が死んだとかなんとか」

「いやだ。……だから、夢だって。夢」

ご飯を一口だけ残すと、私は箸を置いた。

「……いやな夢だった。……私、裕子さんに会ったの、一度だけなのに」

そう。私は、〝裕子〟という女性をよく知らない。知っているのは、真由美の友人で独身でお金持ちで、美人だということだけだ。

「きっと、縁があるんだろうね、ヨーコと裕子は」

紙ナプキンで、カレー色に染まった唇を拭いながら、真由美。

「あのときも意気投合していたじゃない。メールのやりとりはしているの？　メアドを交換していたようだけど」

真由美の視線が、心なしかきつい。私は、「ううん」と、咄嗟に首を横に振った。

「一度だけ。……あの日の夜に、『今日はお邪魔様でした』って、メールしたきり」

それは、嘘ではなかった。

喜多見裕子。

真由美は「縁がある」などと言っているが、とんでもない。私とは真逆の世界に住んでいる女性だ。踵で喩えるならば、あちらはツルツルしっとり。私はガサガサパックリ。

「なに、それ。なんで踵なのよ」

真由美が紙ナプキンを小さくたたみながら、大笑いする。

「まったく、ヨーコったら。……でも、そういうところが、裕子は気に入ったみたいよ。また、遊びに来てって」

本当だろうか？　だったら、なんで私に直接メールで言わないのかしら。……私がメールを一度で終わらせたのは、返事がなかったからだ。入力したり削除したりを繰り返して、三十分もかけてようやく完成させた文章なのに。……たった四行の文章だが、ここまで仕上げるのにどれだけ苦労したか。もしかしてメールアドレスを間違えたか？　もう一度送ってみる？　などと、三日は思い悩んだというのに。

やっぱり、私みたいな地味でなんの取り柄もない主婦なんか、裕子さんの眼中にはないんだ。あのとき優しかったのは、私をただの〝客〟として見ていたからだ。いや、〝客〟ですらなかったのかもしれない。裕子さんにとって、私なんか、通りすがりのエキストラ。……そう、もともと住む世界が違うんだから、メールの返事なんか、来るはずもない。そう諦めるのに、一週間はかかった。

だから、あんな夢を見てしまったのかもしれない。

裕子さんが死んでしまう夢を。

「そんなことないよ」

真由美が、紙ナプキンを小さく小さく折りたたみながら、言った。

「裕子が、あなたのことを気にかけているのは、本当だよ。先日も電話があってね。また、ヨーコと一緒に参加してね……って」

「参加って。……あれに？」

「そう。……六本木サロン」

5

真由美に誘われて、〝六本木サロン〟なる集まりに行ったのは二週間前、十一月の半ばだった。

その二日前、真由美は言った。

「私の中学時代の同級生がね、六本木でサロンを主宰しているのよ。行ってみない？」

サロン？　眉を顰（ひそ）める私に、真由美はさらに言った。

「怪しいサロンじゃないわよ。その点は安心して。ファッション誌なんかにも紹介されている、ちゃんとしたサロン。……といっても、私も今回、初めて誘われてね。前に同窓会があったんだけど、そのときに久しぶりに裕子に会って──」

「ユウコさんっていうの？」

「そう、裕子。なんで？」

別に意味はない。……ただ、私の母親が〝優子〟という名で、〝ユウコ〟と聞くと、つい、反応してしまう。……もう、何年も会っていないというのに。……たぶん、これからも会うことはないというのに。

「……で、その裕子から、昨日、突然連絡が入ってね。今度の日曜日にサロンのランチ会が開かれるんだけど、参加者が二人、キャンセルになっちゃったんだって。……その二人分のランチが無駄になるから、参加しない？　って」

真由美が、キラキラと瞳を輝かせながらにじり寄ってきた。

「……ね？　どうする？」

どうする？　……って、私に振られても。

真由美とはウマが合うし、大好きなのだけど、こういうところがちょっと苦手だ。……すぐに判断を他に委ねる。本当は自分がそれを選択したがっているのに、誰かの判断や決断で選択した……という体を取り繕うのだ。

とはいっても、私もまったく興味がないわけではなかった。

「どんなサロンなの？　何をするの？　……高いんでしょう？」

サロンと聞くと、セレブが着飾って、優雅にお茶を啜っているイメージだ。

「いやだ、違うわよ。裕子が主宰しているのは、もっと庶民的なサロンよ。アンチエイジングや美容にいい食べ物を紹介したり、お茶のお作法をレッスンしたり、着物の着付け教室とか……そんな感じみたいよ」

……それのどこが庶民的なんだろうか？　いずれにしても、そんなところに参加するには、それ相応のお金が必要なんじゃない？　うちは、とてもじゃないけれど、そんな余裕はない。……などと、もじもじしていると、

「参加費は、千円だって」

「千円？　それだけでいいの？」

「うん。ランチの材料費だけでＯＫだって」

「……本当に？」

「安心して。これは、金儲けではなくて、あくまで、裕子が趣味でやっていることなんだから」

「趣味？」

「裕子ったら、いい男を捕まえたみたいでね。その人に援助してもらって生活しているんだってさ。……つまり、サロン主宰は暇つぶしなのよ」

「……そうなの。……すごいね」

「ほんと、すごい。……中学校の頃は、おとなしい子だったんだけどね。でも、そういう素質はあったかな。男の教師とかに、よくえこひいきされていたから」

「そういう……って」

「だから、……愛人業よ」

「愛人！」

思わず声を上げた私を、真由美が人差し指で制した。「しっ」

見ると、食堂のあちらこちらから視線がこちらに集まってきている。私と真由美は咄嗟に話題を変え、しばらくはテレビの話などで盛り上がったが、そろそろ時間だ……という段になって、

「……サロン、覗いてみない？　セレブの生活とやらを。私たち庶民とどこまで違うのか、……興味ない？」

と、真由美が、声を潜めた。

セレブの生活を覗き見。このワードは、私の好奇心を面白いように揺さぶった。

そして、二日後。私たちは六本木に来ていた。

六本木に来るのはかれこれ五年ぶりぐらいだろうか。一応は住所に〝東京都〟がつく場所に住んでいるのに、まるでど田舎から上京してきたお上りさんのように、膝が震える思いだった。

服、こんなんでよかっただろうか？　一応、ブランドものの一張羅。二年前、パート代をはたいてアウトレットモールで購入した、一番のお気に入りのシャネルスーツ風のツーピースだ。バッグもアウトレットモールで買った、コーチ。

隣の真由美が持っているバッグもコーチだ。……よし。これさえ持っていれば、間違いはないはず。事務センターだって、コーチを持っている人は一目置かれる。

が、そのマンションの前に来たとき、私は再び不安に襲われ、膝をがたつかせた。

それは、マンションというよりは、ホテルだった。しかも、高級シティホテル。

だって、ポーターもいれば、コンシェルジュもいる。……いや、私のマンションにだって、コンシェルジュはいる。こんなの、今のちょっとしたマンションだったら日常的な風景よ。……そうよ。うちのマンションだって、地元では〝高級マンション〟として憧れの対象になっている。うちの部屋なんか、四千万円したんだ。……だから、気後れすることはない。

が、その部屋の玄関ドアを開けたとき、私は完全に打ちのめされた。

なに、この部屋。

こんなの、……テレビでしか見たことがない。しかも、アメリカのドラマ。……そう、まさに、『奥さまは魔女』に出てくる、ダーリンとサマンサが住むあの家だ。

なにしろ、〝玄関〟がなく、だから靴を脱ぐことなく、いきなり部屋の中に案内された。

「ごめんなさいね。このマンション、何から何まで、欧米人向けにできているから、ちょっと不便なのよね」

などと、自慢なのか謙(へりくだ)っているのかよく分からないことをつぶやきながら現れたのが、この部屋の主、喜多見裕子だった。

圧倒的なオーラだった。

まさに、アメリカのドラマに出てきそうなセレブ。髪を綺麗に結い上げ、浅葱(あさぎ)色のエンパイアラインのワンピースを翻(ひるがえ)して、蝶の羽のような白いカシミヤショールをまとって。その胸元で揺れるのは、大玉本真珠のオペラネックレス。

……それに比べ、私のこの格好ときたら。……頑張って着飾った、授業参観のお母さん。

……そして、テレビショッピングで買った真珠のチョーカーネックレスは、まるでおもちゃの首輪のよう。

「あなたが、ヨーコさん？」

裕子さんは、まるで幼馴染と再会でもしたかのように小走りで近寄ると、私の腕に自身の手を絡ませた。

ふんわり、いい香りがする。……ものすごくいい匂い。いつまでも嗅(か)いでいたいような。

……自分がつけてきた香水が安物に思えて、私は、つい、一歩退(ひ)いた。

「ね、〝ヨーコ〟って、どんな字を書くの？」が、裕子さんの手は、私の腕を放さない。

「……た、太陽の〝陽〟に子供の〝子〟です」たじろぎながらも、私は答えた。

「あー、やっぱり、そうなんだ！」

裕子さんが、口を大きく開けて声を上げた。……なんて、真っ白な歯。そして、綺麗。こんなに口を開けても、ちっとも不快じゃない。口臭だって、全然しない。それどころか、何か爽やかな香りがする。……一方、私ときたら。……上下の奥歯すべてに、虫歯の治療跡がある。しかも、銀色の詰め物。我ながら汚らしくて、笑うときはつい、手で口を隠してしまう。今も、自然と口元に手が。……だって、自信がない。……嫌な臭いでもしたら。

「ヨーコさん、今日は、いらしてくださって本当にありがとう。……って、何かかたくるしいわね。タメ口でいいかしら？　だって、私たち、同い歳なのよね？」

言いながら、裕子さんの視線が真由美のほうに向けられる。ようやく私から注意が外れたかとほっとするも、その手は相変わらず、私を捕えている。

「そう。私たち、昭和四十九年生まれの寅年よ。虎女ってところかしら？」真由美がおどけながらそんなことを言う。

「虎女なんて、ちょっと野暮じゃない？」裕子さんは、空いている手で真由美の腕もつかんだ。

裕子さんを真ん中に、往年のアイドルグループよろしく女三人が並んだ格好だ。

「タイガーレディースのほうがカッコよくない？　うふふふ」

裕子さんの頬が、ちょうど私の目線の位置にきた。……なんて綺麗でふっくらした肌なの？　毛穴なんて、まったく見えない。シワだって、見えない。厚化粧をしている風でもない。……これで、私と同い歳(タメ)？　とても信じられない。

ふと、視線を動かすと、壁に大きな絵が飾ってある。幾何学模様の絵で、多分、有名な画家が描いたものだろう。が、問題はそこではない。その額のガラスに映り込む、三人の女。

なに、これ。

真ん中の裕子さんを挟む私と真由美。まるで、スターを警護するガードマン。または、阿形(あぎょう)・吽形(うんぎょう)の仁王像。

真由美も気がついたのか、うっすら苦笑いしている。

これ以上、自分を嫌いになりたくない。私は、それとなく裕子さんの腕から逃れようとしたが、

「……でも、なんでだろう、ヨーコさんとは初めての感じがしないわ」

と、裕子さんが、私の腕を引き寄せる。

「ヨーコは、戸塚区出身なのよ」真由美は観念したのか、裕子さんの腕に捕まった状態で、言った。

「うそ。ヨーコさんも戸塚区なの？」

「私たちが通っていた中学に進学していたかもしれないんだって」

「本当に？」裕子さんの視線が、再びこちらに向けられた。

私はどきりとして、顔を背けた。……そして、

「……転校しなければ」とだけ、応えた。ここで終わりにしたかったが、

「ヨーコさん、転校しちゃったの？」覗き込むその瞳があまりに綺麗で、

「……はい。小学校のときに。……両親が離婚してしまって。私は母に引き取られて
――」

私は、こんなことをつい言ってしまう。さらに、

「でも、実際は、田舎の祖母の家にずっと預けられていて――」

こんな余計なことまで言ってしまった。

「そうなの。……いずれにしても、ご両親が離婚しなければ、私たち、もしかしたら同級生だったかもしれないわね！　だから、なんか、シンパシーを感じちゃうのね！」

裕子さんは、私の腕をさらに自分のほうに引き寄せた。

「ね、私も、あなたのことを〝ヨーコ〟って呼んでいい？」

「……ええ、まあ、はい」

「私のことも、〝裕子〟って呼んでね」

「え？　……あ、はい」

「じゃ、こんなところでいつまでも立ち話していてもなんだから。リビングに行きましょう」

＋

うちのリビングの三倍はあるような広いリビングに通されると、すでに、六人の先客がいた。すべて女性だ。歳は……二十代から年配まで。が、どの人も見るからにセレブで、佇(たたず)まいからして私たちとどこか違っていた。その傍らにちょこんと置かれたバッグも、どれもハイブランドのものだ。……そう、私がよく行くアウトレットでは扱っていないような、バーゲンや値下げなどとは無縁の、本物のハイブランド。

私は、コーチのバッグを隠すように両手で抱えた。……このバッグだって、定価八万円以上するものだ。それを四十パーセント引きで購入したが、でも、八万円は八万円だ。八万円の価値があるのだ。これを買った日、どれほど誇らしかったか。意味もなく街をぶらぶら歩いて見せびらかしてしまうほどに。他の人が持っている安物のバッグと密かに比較して、優越感にも浸ったものだ。……でも、今は、私のほうがこう思われているに違いない。「あら、まあ、お安いものをお持ちで」。何しろ、目の前の彼女たちが持っているバッグは、どんなに少なく見積もっても、私のバッグの五倍はするものだ。……シャネル、セリーヌ、そしてエルメス。

隣の真由美も同じ思いなのか、コーチのバッグをどうにか隠そうと、不自然な姿勢になっている。

とんでもないところに来てしまった。

ここは、私なんかが来るところではない。

なんとか口実を見つけて帰る方法はないだろうか？　などと、子供じみたことを考えていると、

「みなさん、お待たせしました！　ローストビーフをお持ちしましたよ！」

と、どこからか、男が現れた。その手には、肉の塊を載せた銀のオブロングトレイ。

その瞬間、私の中を駆け巡ったあの感覚をどう説明したらいいだろうか。人によっては、それを〝運命〟と呼ぶのかもしれない。それとも、〝予感〟と呼ぶ人もいるかもしれない。いずれにしても、この男の印象は、鮮烈に私の中に刻まれたのだった。この男は、私の人生に大きなうねりをもたらすであろうと。

この男の名前は、金城賢作（きんじょうけんさく）といった。

6

今思えば、あの日のことは、夢の中の出来事のように思えて仕方がない。

事実、あの日から数日は、まさに夢心地だった。はじめは、「場違いだ」「来るんじゃなかった」と惨めさと卑屈な感情でいっぱいだったが、金城賢作が登場したあたりから、私の心は思いもよらない高揚感に支配されていった。

それは、初めてディズニーランドの華やかさに触れた子供の心境にも似ている。予想以上の煌びやかさにはじめは気後れするも、ミッキーマウスとの遭遇で、身も心もその世界に溶け込んでしまう……というあの恍惚感だ。

が、舞い上がった塵も、やがて元の床に静かに落ちていく。すると、襲うのは猛烈な虚脱感だった。これだったら、舞い上がることなく、床でおとなしくしていたほうがいい。

……そう、今の生活だってまんざらでもないのだ。だから、あの日のことはもう忘れよう。

……そう自分に言い聞かせて、この半月、生きてきた。

が、胃の中に押し込めたはずのものが食道を逆流するように、一日のうち数時間は、あのローストビーフの味が口の中に蘇るのだ。

エルメスのバッグ、極上のシャンパン、そして刺激的なトークの数々。……何か売りつけられるんじゃないか、怪しいセミナーなんじゃないかと疑った自分が恥ずかしくなるぐらい、それは素晴らしく有意義な時間だった。まさに、これこそ〝サロン〟なのだろう。なんの利益も求めず、お互いを磨き上げるために、己が持つ情報を惜しみもなく提供する場。

……といっても、私は何も提供することなく、ただただ、提供されたものを享受するだけだったのだが。……それがいけなかったのかもしれない。帰り際、メールアドレスを交換したというのに……そして私はメールを送ったというのに、裕子さんからは返事はない。

やはり、私なんかが参加すべき場じゃないんだ。

塵は塵らしく、床に落ちているのがお似合いなんだ。

そんな風にようやく諦めていたのに、真由美は言った。

「あのサロン、また一緒に行こうよ。今度はうんとおめかししてさ。なんなら、レンタルでバッグやドレスを借りて――」

真由美は、相変わらず、紙ナプキンを小さくたたんでいる。左手薬指を強調するように。

……あれ？

指輪。……指輪、新調したの？　……っていうか、それ、ブルガリじゃない？

「ああ、これ」

真由美は、ようやく気がついたか……というように上目遣いで言った。

「彼に買ってもらったの」

「へー」

なんだろう、今、胸の奥がちくりと痛んだ。

その痛みを隠すように、私は、自身の左手をテーブルの下にやった。

左手の薬指には、十五年前に夫からもらった結婚指輪。……十五年前はあんなに輝いていたのに、今ではすっかり色あせている。

一方、真由美のブルガリはこんなにキラキラと輝いて。

きっと、その指輪は、十五年先も同じように輝いているのだろう。

だって、ブルガリだもの。

……私だって、ブルガリが欲しかったのに。でも、彼が買ってくれたのはノーブランドの指輪。

しかも、半額セールで買ったのだそうだ。

「安かったんだよ!」と、買い物上手を自慢する彼に、私は泣きそうになった。というか、泣いた。彼はそれを嬉し泣きだと思ったようだが、違う。

悔し泣きだ。私は、半額セールの価値しかないのだと思ったら、心底情けなかった。

なんで、……私ばかり。私ばかり、こんな目にあうのだろう? 結婚指輪すら、まともにもらえないなんて。

CHAPTER2.

A面

「なんで、……私ばかり」

気がつくと、また、そんなことをつぶやいている。

分かっている。辛いのは私だけではなくて、世の中の人はそれぞれ何かしらの重荷を背負って、人生という長い階段をよっこらせよっこらせと登っているのだ。

私だけじゃない。

分かってはいるが、やっぱりつぶやいてしまう。

「なんで、……私ばかり」

目の前に広がるのは、汚れた食器が山と放り込まれたシンク。

それを放り込んだ夫と子供は、何の罪悪感もなしに、それぞれの楽しみに興じている。

彼らにしてみれば、食器をシンクに持っていっただけでも偉業を成し遂げた心境なのだろう。「手伝ってやったんだぞ」とばかりに、私の口から礼の言葉が出てくるのを待っている様子ですらある。

「つたく」

分かっている。ここで、嘘でも「ありがとう」と言っておけば、丸く収まると。

でも、「ありがとう」と言おうとすると、「なんで、私が？」という思いが口を閉ざしてしまうのだ。

なんで、私が下手(したて)に出なくちゃいけないの？

なんで、私が気を遣わなくちゃいけないの？

なんで、私が我慢しなくちゃいけないの？

なんで、私が……。

ああ、もう、本当に、イライラする！

7

「……陽子、……よっちん」

名前を呼ばれて、私は、重たい瞼(まぶた)をのっそりと開けた。

間接照明を背景に、見慣れた顔が覗き込んでいる。……ケンちゃんだ。

ああ、そうだった。ここは赤坂見附(あかさかみつけ)駅にほど近いカラオケボックス。

「疲れてる？」

ケンちゃんが、アイスコーヒーをそっと傍に置いた。

「ううん、大丈夫」

言ってみたが、こうやってうたた寝してしまったのだ。疲労がたまっているのは隠し切れない。

私は、やおら、体を伸ばした。

「……それにしても、暑いわね。……明日から十二月だというのに」

首筋に触ると、汗でびっしょりだ。バッグを引き寄せてウェットティッシュを探す。

あれ？　これ。前にも。デジャヴ？

「次、何を入れる？」

ケンちゃんが、カラオケのナビゲーションを操作しながら、そっと肩を抱いてきた。

「……それとも、どこかで休む？　……ホテル、行く？」

……ケンちゃんとこんな仲になって、一年が経つ。

彼とは、喜多見裕子のサロンで知り合った。

喜多見裕子。中学時代の同級生だが、当時はそれほど仲はよくなかった。というか、苦手だった。どの派閥にも属さず、一匹狼を貫く彼女をどう扱っていいのか、当時の私には分からなかったのだ。同じ高校に進み、学部は違えど大学も同じ。なのに、ほとんど交流がなかった。そんな彼女と親しく話すようになったのは、大学を卒業し、私が小説家としてデビューした頃、二十八歳の頃だ。本名からかけ離れたペンネームで、しかもデビュー当時は顔を出していなかったにもかかわらず、裕子はいの一番に連絡してきた。

「小説、読んだよ」

知った人に読まれて喜べるような部類の作品ではない。むしろ、読んでほしくなかった。だから、「読んだよ」と言われて、私は「ははは」と、むやみに笑ってみせるしかなかった。「面白かった、ほんと、面白かった」とべた褒(ぼ)めされても、嬉しいどころか痛痒(いたがゆ)い気分にしかならなかった。

が、話してみると、意外とウマが合った。うまく説明できないが、会話のリズムが合うのだ。世の中には、竹馬(ちくば)の友と呼べるような人でもリズムが合わずに、長く会話を続けられないという相手もいる。一方、趣味も考えも性格もまったく異なるというのに、会話となるといつまでも喋っていたくなる相手というのもいる。裕子がまさにそれだった。あとで知ったことだが、これは裕子が一方的に私にリズムを合わせてくれていたおかげだった。そう、裕子は、私に限らずどんな人物にでも話を合わせることができる技術を身につけていたのだ。

なんでも、銀座のクラブでホステスをしていたという。なるほど、道理で。

ホステス時代は大層な人気で、クラブのナンバーワンも張っていたそうだ。……裕子は美人でスタイルもいい。しかもあの話術。でしゃばることなく、相手に主導権を握らせ、その一方で相手の隙を狙って、話を引き出す。容姿端麗なホステスなら掃いて捨てるほどいるだろうが、この話術を身につけたものは案外少ない。

……そう、裕子はただの一匹狼ではなかった。中学校時代からちゃんとその才能を発揮していたのだ。だからなのか、教師たちにはよく可愛がられ、保護者たちにも一目置かれていた。うちの母親も言っていた。「あの子、利発で、素敵な子ね」と。たぶん、裕子は自身の才能を発揮すべき相手を選んでいたのだろう。そして、私たちを含めクラスメイトたちは選ばれなかっただけなのだ。

そんな裕子が連絡してきたのだ。私もようやく彼女に選ばれたということだろうか。いずれにしても裕子の話は面白く、そして、現実離れしていた。だからなのか、本来ならば自慢話にしか聞こえないような厭味な内容でも、お伽噺（とぎばなし）のように面白く聞くことができた。

当時、裕子はホステスを辞めたばかりで、愛人として、赤坂の高級マンションで暮らしていたのだが——。

「愛人といっても、奥様も公認よ。昔でいえば側室のようなもの。……第二夫人といった感じかしら？　だから、後ろめたいことなんてひとつもないのよ」

裕子は、けろっとした様子で、自身の境遇を説明した。

「その証拠に、奥様ともよく遊びに行くわ。三人で、旅行にも行くのよ」

本妻と愛人を連れて旅行？　なんとも想像しがたい状況だが、でも、それが上流階級というものかもしれない。

そう。裕子の相手は、某大手企業創立者の血族。その妻もやんごとなき家柄の出身で、私たち庶民が考える常識とはまったく異なる次元の住人らしい。

「私、奥様に、まるで娘のように可愛がられているのよ」

娘？　ということは……。

「そう。私の彼は今年で七十歳。その奥様は六十七歳。……だから、本妻と愛人の間に巻き起こるようなドロドロはまったくと言っていいほどないのよ」

と、裕子は言うが、聞けば聞くほど、なんだかゾッとする関係だ。むしろ、本妻と愛人と男の三角関係でドロドロとしていたほうが、健全というか、安心というか。

案の定、しばらくして裕子からの連絡はパタリと途絶えた。風の便りで、本妻が自殺を図り、それをきっかけに幸せな三角関係にも亀裂が入り、愛人関係を続けられなくなったのだという。

そんな裕子から再び連絡が入ったのは、一年前だ。十四年ぶりの連絡だ。

「よかった。携帯番号、変わってなくて。……陽子は、相変わらず、ご活躍ね」

裕子は、十四年前と変わらぬ様子で言った。が、そのときの私には、少々厭味に聞こえた。というのも、ここ数年、小説は思ったほど売れていない。それで路線変更を試みたのだが、どれも惨敗（ざんぱい）。〝活躍〟という言葉からは程遠かった。なのに、裕子は〝活躍〟〝活躍〟と繰り返すばかり。それにうんざりしておざなりに返事をしていると、裕子はようやく話題を変えた。

「私たちも、もう四十を過ぎちゃったわね。なんだか最近、昔のことばかり思い出しちゃって。……ね、知っている？　私たちの中学、統廃合で来年、なくなっちゃうんだって」

「そうなの？」

「それでね。私、考えたの。……同窓会を開いたらどうかしらって」

つまり、裕子が幹事を買って出るというのだ。

あの裕子が。……クラスで浮いていたあの裕子が。一体、どんな風の吹き回し？

「同窓会、陽子も必ず出席してね」

同窓会の幹事を手伝ってくれ……と言われるのかと構えていたが、そんなことはなく、そのときは「出席してね」と言っただけで電話は切れた。

が、それから頻繁に裕子から電話が来るようになった。そのたびに警戒したものだが、裕子は頼みごとをするでもなく、ただ、世間話をするだけだった。

裕子の話術は、相変わらずの腕だった。いや、以前よりも磨きがかかっている気すらする。彼女と話していると一時間があっという間に過ぎ、一度五時間ほど長電話したこともあったが、それすらまだまだ物足りない思いだった。

当時、人間関係や仕事のことでいろいろとあり、この悩みを誰かに聞いてもらいたかったのだ。が、心を許した友人というものがなく、仕事関係の人は信用できない。そんな孤独の中、心が張り裂けそうになっていたところに、裕子が手を差し伸べてくれた格好だ。私は、柳に飛びつく蛙のごとく、その手にしがみついた。

だから、

「ね、今度、うちでサロンが開かれるんだけど。……来ない？」

という誘いにも、安易に飛びついてしまった。その頃になると、裕子に対しての警戒心はまったく失せていた。

「サロン……？」

「そう。私が主宰しているの。……安心して、怪しいものじゃないから。気心の知れた人たちだけで、お喋りを楽しむ集まりよ。お喋りだけじゃなくて、教養や知識も磨くの。そして、人脈開拓もね」

「……人脈開拓」

「といっても、決してビジネスの集まりではないのよ。……勉強会といえばいいかしら」

「勉強会……」

「前回は、ローストビーフの作り方を、イギリス帰りの人にレクチャーしてもらったの。で、今回は、『ボランティア』について学ぶ予定よ」

「ローストビーフ……ボランティア……」

「陽子の小説のネタにもなると思うの。ね、いらっしゃいよ」

お喋りを楽しみながら教養や知識を磨きつつ人脈を開拓する勉強会。……なんだかつかみどころがないコンセプトだが、裕子の熱心な誘いに応え、翌週、〝六本木サロン〟なるものに参加してみた。

そうして、私は……ケンちゃんと出会ったのだった。

ケンちゃんも、サロンの客の一人だった。私同様、そのときが初めての参加だった彼は明らかに浮いていて、早く帰りたがっていた。私もまったく同じ気持ちで、それで自然と距離が縮まった。……だからといって、その夜に体の関係まで進んだのは、我ながら早計だったが。

でも、彼とのセックスは、私が初めて体験する類(たぐ)いのものだった。あれほどの快感、あれほどの恍惚感、あれほどの高揚感。しかも、すべて終わったときの、とろけるような安心感。それまでのセックスは、どこか恐怖と不安が同居した偽りの快感で、だからそれが終わると、吐き気がするほどの脱力感と虚無感に見舞われたものだ。……なのに、ケンちゃんとのセックスは、その最中もその後も、幸福感に包まれるばかりだった。

あ。これが、運命の相手ってことかしら？

年甲斐もなく、そんなことを考えた。考えたら、止まらなくなった。そして翌日には、自分でも歯止めが利かないほど、猛烈な勢いで恋に落ちていた。

ケンちゃんも同じ思いのようで、翌日、彼の携帯から何度も着信があった。どれもワン切りで、仕方ないから、こちらからかけ直した。ケンちゃんは言った。

「ごめん」

ワン切りしたことに対してなのか、それとも昨夜の行為のことなのか。ケンちゃんは、蚊の鳴くような情けない声で繰り返すのだった。

「ごめん」

その声を聞きながら、私はますます恋に落ちていった。そして、言った。

「会いたい。……今すぐ、会いたい」

あれから一年。

ケンちゃんとの逢瀬は、大概はここ、赤坂見附駅近くのカラオケボックスだ。

最初の日、サロンを抜け出した私たちが、はじめに逃げ込んだのが、ここだった。その記念……というわけではないが、「会いたい」とどちらかがメールを送ると、「じゃ、いつものところで」と、ここが選ばれる。そして、二時間ほど昭和の歌謡曲などを歌いまくり、まずは、日頃のストレスを発散させる。……これがまた、居心地がいいのだ。私より四歳年上だがケンちゃんとはほぼ同世代。好きな曲も似通っており、選曲にあれこれ心を砕く必要もない。気兼ねなく、自分が好きな曲を好きなだけ、歌うことができる。

今日も、もうすでに十曲を歌い上げた。が、ケンちゃんが「クリスマスキャロルの頃には」を歌っている間に、私はどうやら眠ってしまったようだ。

「……ごめん。なんか、眠っちゃって。ケンちゃんがあまりに上手だから、……つい」

これはお世辞でも言い訳でもなかった。ケンちゃんは、本当に歌がうまい。しかも声変わりしたばかりの少年のようなハスキーボイス。この歌声にやられ、最初の日も夢心地な気分になり、そして体を許してしまったのだ。

……とんだ、声フェチだ。

「疲れてるんだよ。今日はもう、おひらきにする?」

そんなことを言わないで。私は、ケンちゃんの袖をつかんだ。

「違うのよ。そうじゃなくて。……ヨーコのせいなのよ」

「ヨーコ?」

「前に、話したことあるでしょう? 向こう側のヨーコ」

「ああ。夢に出てくる、もうひとりの自分……というやつ? パラレルワールドの?」

「そう。……最近、ヨーコが頻繁に私を呼ぶのよ。で、いつの間にか、眠っている」

「……そうなんだ」

「あ。やっぱり信用してないのね。心の中では笑っているんでしょう？　パラレルワールドなんて、あるわけないって」

「いや、笑わないよ。俺、オカルト少年だったんだぜ？　『木曜スペシャル』とかよく見てたんだから」

「木曜スペシャル？」

「あれ？　知らない？　矢追純一」

「名前だけなら……」

「じゃ、ユリ・ゲラーは？」

「それも、名前だけなら……」

「俺が、三歳とか四歳とかのとき。ユリ・ゲラーが来日してさ。テレビの生放送で日本中に念力を送ったんだよ。そしたらさ、俺が持っていたスプーンが曲がっちゃってさ。……ユリ・ゲラーって、絶対、ホンモノだと思うんだよな」

ケンちゃんが、目をキラキラさせて遠くを見る。もう四十七歳だというのに、こんな子供っぽいところにも無性に魅かれる。

「俺、UFOも何度か見たことあるんだぜ」

「へー」

「あれ？　信用してない？　バカにしてる？」

「違う。私も見てみたいな……って」

そして、ケンちゃんといると、自分まで無邪気な子供に戻れる。私は、男子にじゃれつく女子のように、ケンちゃんの腕に自身の腕をそっと絡ませた。……こうしていると、いつか深夜放送で見た『小さな恋のメロディ』に出てくるあの少年少女のようだ。……このまま、時間が止まればいいのに……なんて、陳腐なセリフが飛び出してしまうほど、頭がクラクラする。

「それで、パラレルワールドで生きる、〝向こう側のヨーコ〟は今、どんな感じなの？」

「なんか、イラついている。……向こう側のヨーコは主婦なんだけどね、『ああ、結婚に失敗した……』って思ってる。『なんで、私ばかり……』って、愚痴ばかり。……あんまり幸せそうじゃないかな」

「向こう側のヨーコは、旦那さんのこと、好きじゃないのかな？」

「多分」

「でも、恋愛結婚なんだろう？」

「恋愛結婚というか。……妥協結婚というか。職場でパワハラとかセクハラとかいじめにあってね、手近な人を捕まえて逃げるように結婚した感じかな」

「そんなことも、夢に見たんだ？」

「うん。十五年ぐらい前。私がデビューした頃よ。その頃は、ヨーコの夢を毎日のように見てた。ヨーコが職場で嫌な思いをしている夢も、そして特に好きでもなかった男性と付き合うようになった夢も。……結婚式のときなんか、最悪だった。このまま逃げ出したい……って、トイレの中で泣いている夢でね。……私も、泣きながら目が覚めたわ」

「そんなに、旦那のことが嫌いなのかなぁ」

「そうでもないんじゃない。だってすぐに子供も儲けて、十五年も夫婦をやっているんだから。きっと、これからも離婚することはないと思う。妥協を続けるだけの人生よ」

「妥協か。……結婚なんて、そんなものかな……」

「それとね。向こう側のヨーコは、私の人間関係ともちょっとリンクしていて。中学時代の同級生とか、同じ人と付き合いがあるのよ」

「へー。パラレルワールドといっても、人間関係はそう大きく変わらないのかもしれないね」

「そうそう、先日見た夢ではね、ヨーコ、クイズ番組に出ているのよ。笑っちゃう」

「クイズ番組？」

「でも、ひとつも答えられないで、司会者の芸人にねちねちイジられて、今にも泣きそうだった。……ね、一九七四年生まれの女性で、一番多い名前ってなんだと思う？」

「君と同じ……陽子？」

「当たり！　でも、どうして？」

「いや、なんとなく。……俺の知っている一九七四年生まれの女性も、〝陽子〟だし」

「そうなんだ。……なんかさ、ここまで複雑な思いになる〝一番〟もないわよ。だって、〝ありふれている〟ってことでしょう？　犬も歩けば〝陽子〟に当たる……なんて、いいんだか、悪いんだか」

「俺の名前も、めっちゃ多いぜ？　同級生には必ず、同じ名前のやつがいた」

「そうなの？」

「俺は、やっぱり〝ありふれた〟人間なんだなぁ」

「〝ありふれた〟同士ね」

「よっちんは、違うよ、全然ありふれてない」

　ケンちゃんに、よっちん、よっちんと呼ばれると、こそばゆさと同時に、どうしようもない幸福感に包まれる。

　四十歳を過ぎたいい大人が「ケンちゃん」「よっちん」と呼び合っているのを、他者が見たらどう思うだろうか。やはり、眉を顰めるだろう。

　なんて思われようと、なんて言われようと、痛くも痒くもない。だって、私たち、こんなに幸せなんだもの。

　ね、そうでしょう？　ケンちゃん。

が、彼の顔は、少々、元気がない。

「……どうしたの?」

「いや、だって。……裕子さんのことが」

ああ、そうだった。

今日は、裕子のことで会おうということになったのだった。

昼間、ランチを食べていたら、裕子が死体で見つかったというニュースが飛び込んできたのだ。

「なんで、裕子が……」

それまでの甘い幸福感が、一気に吹き飛ぶ。なにしろ裕子は、惨殺死体で発見されたのだ。

「前に会ったときは、元気だったのよ。……なのに、なんで」

惨殺死体。ここ数年はミステリー小説にも挑戦していて、バラバラ死体もよく登場させている。インパクトがあり読者の食いつきもいいので、編集者にリクエストされるのだ。

「冒頭で死体を転がせ。しかも、残虐な方法で殺害された死体を。これ、ミステリーの基本ですから」

先日も、担当編集者にそんなことを言われ、切り刻まれたバラバラ死体を書いたところだった。あーでもないこーでもないと想像の中で死体を切り刻むこと数日。かなり残虐なシーンだったが、割と易々とやってのけた。だって、所詮、物語だ。

が、リアルな事件となると、また話が違う。しかも、被害者は知人なのだ。そのニュースを聞いてから、気分は落ち込むばかり。

だから、ケンちゃんにメールしたのだった。一人でいるといろんなことを考えてしまい、底なしの闇に落ちてしまいそうだったから。

「よっちんが裕子さんに会ったのは、いつ？」

ケンちゃんに問われ、私は指折り、日付をたどってみた。

えーと。あれは……。

「そうそう。二ヶ月前の女子会のとき」

「女子会？」

「中学三年生のときの同級生の中で今も独身の五人が集まって、一ヶ月に一度、女子会をしているのよ。……言い出しっぺは裕子で、でも、彼女、ここんところ欠席が続いて――」

『男よ、男』

メニューを団扇代わりにしながら、唇を歪めた久美子の顔が浮かんできた。

『あの二人、どうやら、男ができたみたいよ。……これだから、女の友情って――』

私は、はっと視線を上げた。

「そういえば、男ができたって、聞いた」

「裕子さんに男？ ……サロンのパートナーのこと？」

パートナー。裕子が主宰しているサロンの実質的な出資者だ。が、謎の多い男で、いったい何をしているのかは、さっぱり分からない。

そもそも、裕子の男性関係もよく分からない。パートナーとの関係も。だから、いったい誰が裕子の〝男〟なのか。それとも、〝男〟と呼ばれる男性は複数人いるのか。

「裕子さんってミステリアスな人だからなぁ」

ケンちゃんが、見たことがないような眼差しで、小さくため息をついた。その様子に、私は底知れない不安を覚える。

「……ね。ケンちゃんはどうして裕子のサロンに？」

「知り合いに頼まれてね。いわゆる、ピンチヒッターってやつ」

「じゃ、裕子とは、あのときが初めて？」

「うん。噂には聞いていたけど、……おいそれと近づけないオーラがあるよね。なんか、蜘蛛女(くもおんな)を連想して、怖かった」

「蜘蛛女？」

「迂闊(うかつ)に近づいたら、その蜘蛛の糸で搦め捕られてしまうというか」

「……そうね。裕子は、昔からそんな雰囲気だった。なにか、近づけないのよ。だから、クラスでもちょっと浮いてた」

「そうなんだぁ」

ね、ケンちゃん、もしかして、あなたも裕子に魅かれていたの？　そんな懸念が心をざわつかせる。私は、ケンちゃんの腕から体を引き離した。

が、

「俺も、苦手だな。ああいうタイプの女性は。というか、嫌悪すら覚えるよ」

と、ケンちゃんは、私の体を引き寄せた。

「だって、いろんな男からお金を引き出していたわけだろう？　ああいう毒婦は、遅かれ早かれ、消されてしまうもんなんだよ」

「……消される？」

「事実、殺されてしまったじゃないか。……ごめんごめん。よっちんの友人なのに、こんなこと」

「……友人？」

果たして、そうなんだろうか？　同級生だったことは消せない事実だし、相談相手として長電話することも度々あったし、女子会と称する集まりで交流していたのも間違いない。だからといって〝友人〟とはまた違う気がする。

「……ね。そろそろホテルに移りましょうか？」

気分を変えたくて、私は言った。

「うん」ケンちゃんが、私を荒々しく抱き寄せる。「ここで、やってもいいけどね」

私たちが、このカラオケボックスを逢瀬の場所に選ぶ理由は、もうひとつあった。監視カメラが設置されていない。古く寂れたカラオケボックスだ、監視カメラを設置する余裕がないのだろう。だからといって——。

「ダメよ、こんなところじゃ。……それとも、ゆっくりできないの？」

「いや、大丈夫。仕事が徹夜になるから、今日は戻れない……って言ってあるから」

「徹夜？」

「そう。今日は徹夜で頑張れるよ」ケンちゃんが少年のように笑う。……ああ、その笑顔、好き。……ああ、下半身がじんじんと痺れてきた。もう我慢できない。

「ね、ホテル。……早く、ホテルに行きましょう」

8

「ね、卒業アルバム、持ってる？」

ケンちゃんとの甘い逢瀬の余韻が、その声で一気に吹っ飛んだ。

スマートフォンが鳴ったのは、自宅の玄関ドアを開けたときだった。

スマートフォンを耳に当てると、その声は、挨拶もなしにいきなりこう言ったのだった。

「ね、卒業アルバム、持ってる？」

吉澤久美子だった。

卒業アルバム？　藪(やぶ)から棒に、何を言うのだ。

「だから、マスコミの人に捕まったのよ。マスコミ、すごいわね。裕子のニュースが流れたその日に、連絡があったのよ。卒業アルバム、貸していただけませんか？　って」

久美子は、やや興奮気味に言った。

私はスマートフォンを耳に当てたまま玄関ドアを閉めると、ブーツを脱ぐ作業に取り掛かった。今時珍しい、編み上げのブーツ。店員にしきりに勧められて購入したのだが、失敗だった。カラオケ店近くのビジネスホテル、ブーツがなかなか脱げず、それでも欲情は待ってくれず、結局、ブーツを履いたまま事に及んだ。

まあ、それはそれで、なにか昔のフランス映画に出てくる情事のようで悪くはなかったのだが、ケンちゃんにしてみればとんだ災難だった。だって、ブーツの踵(ヒール)がガシガシ当たってしまって。……でも、「痛っ」と顔をしかめながらも、その行為に没頭するケンちゃん、可愛かったな。ケンちゃん、今頃、何しているかな？　あとで電話してみようか？　……などと、再び余韻に浸っていると、

「ちょっと、陽子聞いてる？」

と、久美子の声が現実に引き戻した。

ブーツの紐が、ようやく右側だけ解けた。

「うん、ごめん。ブーツの紐がね、ちょっと面倒で」

「もしかして、これから出かけるところだった？」

「ううん、帰ってきたところ」

「え？　今、帰ってきたの？　だって、朝の六時だよ？　取材か何か？」

取材？　……どうして、情事の果ての朝帰り……ということに考えが及ばないのだろうか？　確かに、久美子には、ケンちゃんのことは黙っている。そういう恋人がいることも。だからといって、女がこんな時間まで外出していたのだ。真っ先に疑うのは、〝朝帰り〟じゃないか。それとも、四十を過ぎた独身女にはそんな機会などあるはずないと思っているのだろうか。なるほど、久美子はそうかもしれない。事実、彼女は言っていた。「もう、私、あっちのほうはからっきしなの。そんな欲望もなくなっちゃった」と。何事も自分が基準の久美子のことだ、他の人もそうだろうと確信しているのだろう。

お生憎様。私は、今、絶賛恋愛中です。しかも、身も心も蕩けるような、燃えるような恋愛。……歳なんか関係ない。女は何歳になっても、恋愛対象者だ。自分が男日照りしているからといって、他の人もそうだと決めつけないで。

訳の分からぬ苛立ちと優越感がない交ぜになって、指先がなかなか上手に動かない。解いているはずのブーツの紐が、いつの間にか固結びになってしまった。

「つたく」

つい、舌打ちが飛び出してしまう。……あ、これ。夢の中のヨーコと同じ舌打ちだ。

「どうしたの？　疲れてる？　電話、かけ直そうか？」

久美子の声がやけに煩い。かけ直す？　そう思うんなら、とっととこの電話、終わらせてよ。

「ううん、大丈夫」が、私は本音を上手に隠して、久美子に付き合った。「……で、卒業アルバムがどうしたって？」

「そうそう。マスコミの連中がね、裕子の写真を探してるらしくて、かつての同級生を探し出しては、片っ端から連絡しているのよ。で、私のところにも、実家を経由してやってきたってわけ。卒業アルバム、ないかって」

「なんで、卒業アルバム？」

「そりゃ、もちろん、裕子の顔写真を出すためよ」

「でも、中学校時代の顔写真なんか、使える？　もう三十年近く前の写真じゃない」

「そんなの、関係ないみたい。ほら、事件が起きると、被害者や容疑者の学生時代の顔写真が出るじゃない。どんなに年配だったとしても」

「まあ、確かにそうだけど……。でも、中学校の頃の写真なんて、まったくあてにならないと思うよ。……だって——」

私はそこで言葉を濁したが、

「そうだよね。裕子、整形してるもんね」

と、久美子はあっけらかんと言った。

そう、裕子は、明らかに、目と鼻と顎をいじっている。もともと綺麗な顔だったのにどうしてそんなことを……と思ったが、愛人業をしている裕子だ、多少の〝綺麗〟では通用しなかったのかもしれない。それで、顔にメスを入れたのかもしれない。「私、半年前に同窓会で裕子に再会したとき、正直、分からなかったもの」

久美子の言う通り、私も「え？」と戸惑ったものだった。

私が裕子と十四年ぶりに再会したのは同窓会が行われる半年前、つまり、一年前のことだ。そう、例の〝六本木サロン〟でのことだ。それまでは、電話かメールだけ。二十八歳の頃の裕子を想像してやりとりしていたが、その再会を機に、気軽にメールすらできなくなってしまった。自分が知っている裕子と、あまりにかけ離れていたからだ。そのあと、同窓会でまた再会するが、そのときも、なんだかよそよそしい態度しかとれなかった。

「でも、陽子と裕子は、高校も大学も同じだったんだよね？　それに、同窓会の前から、親交があったんでしょう？」

「……うん、そうなんだけど。なんだろう、やっぱり、私と裕子では、住む世界が違うのかな……って。なんか、おいそれと近づけなかったんだよね」

「なに言ってんのよ。今となったら、陽子のほうが断然有名人だし、お金も稼いでるくせして」

「……私なんて、全然よ。ただの、地味なおばさん。街を歩いていても群衆に溶け込んじゃう。一方、裕子は、どんな群衆に紛れても、一目でそれと分かる」

それまでの情事の余韻が嘘のように、私の中からはすっかり自信が消え失せていた。玄関先の姿見には、無様(ぶざま)にブーツと格闘している、一人の中年女。……毎度のことだ。ケンちゃんと会っているときは、自分ほどの果報者はいない、自分ほど輝いている女はいない……という底知れぬ自信に溢れている。が、こうやって靴を脱いでいると、次第に魔法が解けていく。そして、鏡に映るのは、いつもの自分。……まるで、シンデレラだ。いや、シンデレラに喩えるのは、いくらなんでもシンデレラに失礼だ。シンデレラは若くて美しく、王子に見初(みそ)められるだけの価値もある。

が、私ときたら……。

「で、陽子、卒業アルバム、持ってる?」久美子が、繰り返す。

「久美子は持ってないの?」私は、逆に質問してみた。

「私?　……私は捨てちゃった」

「捨てちゃったの?」

「まあ、いろいろあってね。……で、陽子は持ってないの？　まさか、陽子も捨てちゃった？」

「まさか。捨ててはないけど。……でも、手元にはないよ。実家だと思う」

「ね、それ、持ってきてくれるわけにはいかない？　できたら、高校時代の卒業アルバムも。……大学時代の写真もあったら、それも」

「なんで？」

「……うん、実はね。……知り合いに頼まれちゃって」

「知り合い？」

「私の知り合いに、週刊誌のフリー記者がいるんだけど。彼に頼まれちゃって」

彼……？

「陽子は、裕子とは大学も同じだったたし、交流もあったんでしょう？　だから、彼に協力してほしいのよ」

「協力……って」

「それと、これ純子には黙っていてほしいの」

「え？　なんで？」

「純子もたぶん、陽子に連絡してくると思う。裕子の情報を提供してくれって。ほら、純子、情報番組のプロデューサーじゃない。しかも、制作会社の雇われプロデューサー。だから、このチャンスを見逃すわけないと思うんだよね。純子にとっては、またとないチャンスだもん」

「チャンスなら、純子にも協力したほうがいいと思うんだけど」

「ダメよ」

久美子が刺すように言った。「それは、ダメ。純子には悪いけれど、裕子の情報は、彼にだけ、提供してほしいの」

久美子が、〝彼〟を殊更強調する。

「……その〝彼〟って、どういう人なの？」

「だから、フリー記者よ。もともとは『週刊トドロキ』の編集者だったんだけど、今はフリーで仕事をしているの」

「週刊トドロキ」……といったら、今や飛ぶ鳥を落とす勢いでスクープを連発している週刊誌だ。轟書房の看板媒体でもある。

「陽子も轟書房と仕事してるから、あの会社の体質は、分かっているでしょう？　徹底的な実力主義。結果を出さないものは容赦なく切り捨てるスパルタ出版社」

久美子の言う通りだった。ほとんどの出版社では前時代的な社会主義がまかり通っており、仕事ができなくても利益につながらなくても、社員の安泰を優先するところがある。が、轟書房は、一に利益、二に結果。それに応えられない社員は、不要な書類をシュレッダーにかけるように破棄される。社員ですらこの仕打ち、結果が出ない作家やライターはいうまでもなく、無残にポイ捨てされる。

私もまた、轟書房からは戦力外通告を受けたばかりだった。単行本の初版の実売が八割いかずに、切られた。今時、実売八割はかなりの好成績で、出版社によっては重版もかかるというのに、轟書房にとってはその数字は「落第」に他ならない。しかも、「あの作家はもう終わりだ。まったく売れない」と、「落第」の烙印を押したことを広く知らしめてしまうものだから、こちらとしては営業妨害もいいところだ。……事実、轟書房から切られただけでなく、他の出版社の対応も、ここのところ鈍い。

轟書房となんか、仕事するんじゃなかった。「あの出版社はリスクが大きいよ。初版部数も多いし大々的に宣伝もしてくれるけど、結果を出さなかったら代償も大きい」……と警告してくれる同業者もいたというのに。私は、その初版部数の多さに目がくらみ、仕事を請けてしまった。

「でね。彼、轟書房に一矢報いたいって思っているの。『週刊トドロキ』のライバル誌にスクープ記事を売ってね」

「そのスクープ記事っていうのが、裕子のこと?」

「そう。彼が言うにはね、この事件の根っこは深く、ただの殺人ではないっていうのよ。真相を探っていけば、戦後事件史に残るような、かなり大きなスクープになるはずだって。

だから、協力してあげてよ」

「私が協力すれば、彼は、轟書房に一矢報いることができるの？」

「そうよ」

「分かった」

「ほんと？」

「私も、轟書房には痛い目にあわされたからね」

「じゃ、早速、彼に会ってあげて」

「でも。……私、そんなに情報なんて持ってないよ？　卒業アルバムぐらいしか」

「大丈夫。彼は一流の記者だもの。情報を引き出すのは天才的よ。何もないと思われている引き出しからも、重要な情報を見つけ出す人なの。だから、陽子は彼の質問に答えるだけでいい」

　ブーツの紐が、やっと解けた。肩からようやく力が抜ける。

「分かった。……じゃ、いつ？」

「今日にでも」

　が、再び、肩に妙な力が入る。

「今日？　ダメよ。原稿の締め切りがある。それに、卒業アルバム、実家から送ってもらわなくちゃ」

「卒業アルバムなんて、後でいい。まずは、彼に会ってあげて、今すぐに」

「でも……今日は……」

「じゃ、こっちから、陽子の家に行くから」

「え？」

私は、視線を上げた。

そこには、たまりにたまったゲラと本が積み上がっている。それに、ゴミ袋も。……とてもじゃないが、人を入れられるような状況ではない。

「今から行くけど、いい？」

久美子が行くと言ったら、どんなことがあろうと来てしまうだろう。有言実行な女だ。が、ここは、何がなんでも抗わなくてはいけない。

「分かった。こっちから行くから。場所と時間、指定して」

……ああ。まんまと、久美子の術中にはまってしまった。無理難題をまずは押しつけて、それに慄く相手から、自分にとって都合のいい回答を得る。久美子の常套手段だ。

「ありがとう。じゃ、正午、赤坂見附駅D出口で待ち合わせでいい？」

赤坂見附？　今、そこから戻ってきたばかりだというのに。……ああ、まったく。

久美子との電話が終わると、入れ替わりに、今度は純子から電話がかかってきた。

大井純子。

制作会社のプロデューサーで、今はＮＫＪテレビの『それ行け！　モーニング』という朝の情報番組に携わっている。

「ね、卒業アルバム、ある？」

純子も、久美子と同じことを訊いてきた。「卒業アルバム、あったら、今すぐ、バイク便でこっちに送ってくれないかな？」

――純子には黙っていてほしいの。

久美子の声が蘇り、私は、「えーと」と言葉を濁した。

――純子には黙っていてほしいの。

再び久美子の声が耳の奥で響き、私は、

「ごめん。……ない」

と、咄嗟に嘘を言ってしまった。だって、こう言っておかないと、久美子の声が延々と聞こえてきそうだったから。

「そっか。……陽子もないのか」

純子の声が、ひどく落ち込んでいる。「同級生に片っ端から聞いているんだけど、みんな持ってないって。持ってる人もいたんだけど、手元にはなくて」

「あ、私も、それ。アルバムは実家にあって、手元にないのよ」

私は、先ほどの嘘を言い訳するように、言った。

——純子には黙っていてほしいの。

が、久美子の声がまた聞こえてきて、

「でも、実家も何度か引っ越しているから。……もしかしたらないかも」

などと、あやふやなことを言ってみる。そして、

「……ごめんね」と謝っておく。

「ううん、いいのよ。他をあたってみるから」

「純子は持ってないの？」

「え？……うん、私も実家に——」

「何も、卒業アルバムじゃなくてもいいんじゃない？　だって、『殺人事件の被害者』として、裕子の写真をテレビで使うだけなんでしょう？　だったら、最近の写真でもいいじゃない。ほら、半年前の同窓会のときのやつとか。……女子会のときにも撮ったじゃない」

「もちろん、それも使うよ。でも、昔の写真が欲しいのよ」

「どうして？」

「だって。……裕子、整形しているじゃない？　それを局プロデューサーに言ったら、整形前の写真も欲しいって」

「ああ。……なるほど」

「ね、陽子は、高校と大学も同じだったでしょう？　その頃の写真はないの？」

「ごめん、高校も大学も、裕子とはあんまり交流がなくて。……あったとしても、昔の写真やアルバムは全部実家。今すぐは難しい」

「そっか……」純子が、大袈裟にため息をついてみせる。

本当は、大学時代の写真が何枚か、この家のどこかにある。が、それを言おうとすると、――純子には黙っていてほしいの。

という久美子の声が、私の口を塞ぐのだ。

「……なんか、自分がいやんなっちゃう」

純子が、ため息まじりでしみじみと言った。

「同級生があんな形で亡くなったっていうのにさ。卒業アルバムを必死で探している自分が、つくづく、いやになる。人の死を商売にしている私って、まさに、鬼畜だよね」

「純子……」

「ごめん、こんな朝っぱらから、電話してさ。アルバムのことはもういいから。……ああ、本番前だから、もう切るね」

と言いながら、その二時間後の八時半。

純子が担当している『それ行け！　モーニング』で、裕子の中学時代の写真が紹介された。卒業アルバムのものだ。

あれから二時間で、探し当てたということか。

さすがは、プロだ。葛藤（かっとう）しながらも、仕事はちゃんとこなす。

なら、こちらも負けてはいられない。久美子との約束の時間は、正午。十一時には家を出なくては。

私は、大学時代に裕子と撮った写真を探しはじめた。

が、なかなか見つからなかった。

どこにやったかしら？

一度だけ、裕子と写真を撮った記憶があるんだけど。

……どこに？

部屋中をひっくり返してみるも、それは見つからなかった。途方に暮れていると、一本の電話。

笹谷真由美だった。

「ね、もしかして、卒業アルバム、探してた？」

挨拶もそこそこに、真由美が訊いてきた。

「もしかして、真由美も？」

「うん。……久美子と純子に頼まれてね」

やだ。あの二人ったら、真由美にもちゃっかり、依頼していたのか。

「で、真由美。卒業アルバムあったの？」

「ううん。ない。陽子は？」

「私も」

「そっか。……そうだよね」

しばしの沈黙。真由美から電話してきたというのに、会話が続かない。なにか、用事があったんじゃないの？

「なに？　どうしたの？　真由美？」

訊くと、

「実は、私さ。結婚……」

結婚？

そういえば、真由美にも〝男〟ができたとかなんとか、結婚するとかなんとか、久美子が言っていたけれど。

「真由美、結婚するの？」

B面

9

そうか。真由美、結婚するんだ。

相手は、どんな人だろう?

あんな高そうなブルガリの指輪を買ってくれるんだもの、きっとそれなりの収入がある人なんだろうな。

私も、かつては、あんな風に笑っていただろうか? 結婚が決まったとき。

小鉢が指輪にあたり、鈍い音を立てた。

私は手を止め、泡だらけのスポンジをしばらく眺める。

シンクの中には、まだまだ洗わなくてはいけない食器が山と積まれている。

「はぁ」

思わず、ため息が出る。

なのに、カウンター向こうのリビングでは、夫と息子が我関せずと、それぞれのスマートフォンにかぶりついている。

「はぁ」

私は、少々芝居染みた感じで、もう一度ため息をついてみた。

息子が、ちらりとこちらを見る。が、それは一瞬で、すぐにスマートフォンにかぶりつく。

……スマートフォンなんて、与えなきゃよかった。

せっかくの対面キッチンなのに、全然〝対面〟になっていない。

こんなことなら、対面キッチンなんかにしなきゃよかった。

この部屋の基本仕様は〝クローズドキッチン〟で、〝対面〟にこだわったせいで、追加（オプション）料金を二百五十万円取られた。それでも、担当者と何度も話し合って出した結論だったのだ。その完成予想図も何度も確認し、理想的な対面キッチンを目指したのだが。

いざ、出来上がってみると、どことなく違和感がある。

「えええ！」

内覧会のときに、私は思わず、そんな失望の声を上げた。

思っていたのと違う。

これじゃ、対面キッチンというより、……なにかの受付だ。そう、喩えるならば、古い雑居ビルの受付。壁に囲まれた管理人室にぽっかりと開いた小窓、そこから管理人が訪問者の様子を窺っている。

なんで、こんなことに。

……そりゃそうだ。そもそも、このリビングダイニングキッチンは、合わせても十二畳しかない。そんなところに無理矢理L型の対面キッチンをレイアウトしたのだ。しかも、「設計上、どうしても壁は作らないといけません」と言われ、本当はアイランド型のキッチンにしたかったのに、三方を壁に仕切られる始末。結果、本来〝開放的〟であるはずの対面キッチンなのに、圧迫感と閉塞感を招くことになった。

こんなことなら、基本設計通りにしておけばよかった。その代わりに、食器洗浄機を付けておけば。……こうやって、毎日、食器を洗うたびにため息をつくこともなかったろうに。

なんで、こんなことに。私が思い描いていた週末は、こんなはずではなかった。

私が思い描いていたのは……そう、まさに、このマンションの販売チラシに描かれていたような家族団欒。

ハイサッシ窓から見える多摩丘陵の緑。降り注ぐ柔らかい日差し。遅めのブランチをキッチンカウンターに並べ、目を擦り擦り起きてきた家族に温かいコーヒーを淹れる。そして、「今日は、午後からどうする?」などと会話を交わし、「……じゃ、みんなで近くの公園に行こうか?」などと示し合わせ、公園で楽しんだあとはショッピング、帰宅後は家族全員でキッチンを囲んで和気あいあいと夕食の支度……そんなことを思い描いていたのに。

このマンションなら、それができると思ったのに。だから、四千万円のローンも組んだのに。なのに、現実は。

管理人よろしく小窓からリビングを覗くと、すでに夫も息子もいなかった。

そして、玄関先から立て続けに、ドアの閉まる音。

土曜日の午後。私は、一人残された。

たぶん、夫はパチンコに出かけ、息子は遊びに出かけたのだろう。

ああ。

また、ため息が溢れる。

が、これは、哀しみのため息ではない。安堵のため息だ。私も私で、家族から解放されたことをどこかで喜んでいる。せいせいしている。

「あー、疲れたー」などと伸びをしていると、窓の外から子供の歓声が聞こえてきた。

せいせいした気分に、少しばかり緊張が走る。

この部屋は南向きで景色を遮る建物もなく環境的には申し分ないのだが、欠点は、窓のすぐ下がマンションの共用ガーデンだということだ。本来は長所のはずなのだが、……今では、最大のウィークポイントだ。

私は、苦々しい気分で、窓を開けた。

十二月になったというのに、今日はまだまだ暖かい。見ると、子供たちが薄着で楽しそうに遊んでいる。それを眺める親たち。

「……親が側にいるんなら、ちょっとは注意してよ」

私は、ついつい、そんな毒を吐く。だって、この騒音ときたら。

子供って、なんだってあんなに大きな声が出るんだろう。吸収したエネルギーのすべてを声に使っているんじゃないだろうか？　と思うほどの、大音響。計ったら、きっと、百デシベルはいくんじゃないかしら。前に住んでいたマンションは線路近くで、電車の騒音が耐えられなくてここを購入したというのに。これじゃ、線路の近くにいるほうがまだマシだった。まったく、四千万円も出して手に入れた部屋なのに、なんでここでもこんな騒音に悩まされなくちゃいけないの？

舌打ちしたところで、見慣れた顔を見つけた。

……あ、中河さんだ。三〇四号室の、中河さん。その手にはリード。トイプードルのレモンちゃんが、とことこと歩いている。

中河さんが、こちらに気がついたようだ。にこりと笑うと、軽く手を振った。

＋

「煩いわよね、子供たち」中河さんは、お茶を淹れながらズバリと言った。

「うーん、私は気にならないかな」私は、本音を隠して、適当に応える。

「本当に？」中河さんが、怪訝な顔で私の顔を覗き込む。

「……まあ、ちょっと煩いかな」私は、しぶしぶ本音を小出しにする。

「ちょっと？」中河さんの眼光がますます鋭くなり、

「……まあ、かなり煩いかな」と、私はとうとう、本音をぶちまける。

「でしょう？」中河さんの顔も、ふと、綻ぶ。

中河さんとは、マンション管理組合の理事会で知り合った。かれこれ二年の付き合いだ。今年、ようやく管理組合からは解放されたが、中河さんとはこうやってつながりを保っている。

中河さんのお宅に上がるのは、これで六度目だろうか。うちとまったく同じ広さ、間取りなのに、雰囲気はまるで違う。やはり、モノが少ないせいだろうか。……いや、キッチンのレイアウトのせいだ。中河さん宅はペニンシュラキッチンだ。壁が一方にしかないので、まるで開放感が違う。うちもこれにしたかった。でも、うちの間取りではそれはできないと言われたのだ。……嘘ばっかり。だって、うちと同じ間取りの中河さん宅では、ちゃんとできたじゃない。

一度、そのことを中河さんに愚痴ったことがある。すると彼女は言った。

「担当によって、言うことがいろいろなのよ。うちだって、本当はもっといろいろとやりたかったんだけど、アレはできない、コレはできないって。……でも、他のお宅ではちゃんとできている。結局、担当が面倒くさかっただけなのよ。でも、まあ、それも仕方ないわね。なにしろ、ここは、六百世帯を超える大型マンション。一人一人の希望を完全に叶えていたらキリがなかったんでしょ」

「でも。タダでやれっていうんじゃないのよ。ちゃんと追加料金(オプション)を払うっていうのに。ほんと、頭きちゃう。うちなんか、ほとんど希望通りにいかなくて。壁紙すら選ばせてくれなかったのよ。妥協だらけよ」

私がこんな風に本音をぶつけるのは、今となっては珍しい。結婚してからは、妥協こそが人生の美徳だ……とどこかで言い聞かせてきたところがある。

が、中河さんの前だと、不思議と肩の力が抜け、兜(かぶと)の緒がゆるみ、本音が丸出しになるのだ。

中河美沙緒(みさお)。歳は私より二つ下。専業主婦。夫は大手メーカー勤めで、子供はいない。

……ああ、そうか。子供がいないから、この部屋はこんなにすっきりと片付いて、そして綺麗なんだ。

子供がいると、なにかと乱雑になってしまうものだ。どんなに心を砕いてセンスよく部屋を整えても、一日で俗っぽい部屋になってしまう。特に、男の子は……。ゴールドピンクの冷蔵庫にも北欧調のシェルフにも鏡面仕上げのリビングテーブルにも、翔がたちまちのうちにシールを貼り付けてしまうから手に負えない。しかも、おしゃれからかけ離れた、怪獣のシール。今でこそ少しは治まったが、ここに越してきた頃はそれこそやんちゃ盛りで、どんなに叱っても注意しても、どこからかシールを調達してきてべたべたと貼り付けたものだ。……夫に言わせれば、それはマーキングのようなもの、猫がテリトリーに匂いを付けるのと同じで、縄張り意識の強い男子の自然な行動なのだという。言われれば、男の子がいる家庭に行くと、せっかくのインテリアにシールがここぞとばかりに貼られている。女の子も似たようなものだ。男の子ほどではないが、自身の存在をアピールするかのように、ケバケバとした個性的な小物やガラクタで部屋のあちこちを乱してしまう。……私がまさにそうだった。それで、よく、祖母に叱られたものだ。

でも、この部屋は違う。まるで、モデルルームのよう。

なにしろ、リビングテーブル横のマガジンラックに無造作にささっているのは、英字新聞に、英語の雑誌。これが他の人だったら厭味にしかならないのだが、中河さんの場合は、みごとにフィットしている。

そう、中河さんは、もともとは翻訳家だ。結婚してからは第一線を退いたらしいが、今でも、アルバイトで翻訳の仕事は続けているらしい。

……あれ？　でも、英字新聞と英語の雑誌に混じって、いかにもな単行本がささっている。小説？　ああ、そうだ、たぶん、そのおどろおどろしい装丁は、ミステリー小説だ。タイトルにも、〝殺人〟とある。

「ああ、これね」

中河さんが、単行本を引き抜きながら、

「人を殺してはバラバラにする、殺人鬼の話よ」

きらきらした瞳で、その単行本を私に差し出した。……日向真咲（ひゅうがまさき）。知らない名前だ。

「なかなかの売れっ子よ。知らない？」

「……ええ、まあ。あ、でも、聞いたことはあるかも」

しどろもどろで答えると、中河さんは、肩を竦（すく）めながら右の眉毛をひょいと上げた。そして、小さくため息をついたあと、

「それにしても。子供って、なんだってあんなに、疲れ知らずなのかしらね」

と、話題を変えた。

「私、子供って苦手。……ううん、嫌い」

　中河さんは、心に思ったことをズバズバ言う。私が子持ちだということを百も承知で、「子供が嫌い」と言い切る。ここは嘘でも「煩くても、子供は可愛いものよ」と言うべきだろう。が、中河さんは、そんな嘘は絶対つかない。好きなものは好き。嫌いなものは嫌い。……だから、中河さんのことを悪く言う人もいるが、私は、彼女のことが好きだった。だって、深読みする必要がない。言葉通りに捉えればいいのだから。褒めていても、実は厭味だった……というような、言葉と本音が裏腹な人のほうが、私は苦手だ。

「私、本当に、子供なんて作らなくて正解だった……と思っているの」

　中河さんは続けた。

「なのに、それを負け惜しみ……だと思う人もいてね。本当は欲しかったのに授からなかったことを合理化しているだけ……ってね。お姑さんなんか本気でそう思っていて、変に気を遣われるのよ。どんなに言っても分かってもらえなくて」

「お姑さんて、確か……」

「そう、京都の人。自分が本当に思っていることは絶対に表に出さない。だから、他の人もそうだろう……と思ってんのよ。ほんと、ああいう生き方って、疲れないかしら」

「本人は、案外疲れないものかもね。周りが疲れるだけで」

「そうそう、周りが疲れちゃうのよ。ほんと、あの人と話すときは栄養ドリンクが必要よ」

中河さんは、大口を開けてケラケラと笑い出した。その奥歯には、銀色の詰め物が二つ。

ふいに、裕子さんのことを思い出し、私は小さなため息をついた。

「どうしたの？」

「実はね……」

私は、一連の出来事を洗いざらい語った。

〝六本木サロン〟のこと、〝裕子〟さんのこと、そして真由美のこと。

「へー、そんなサロンがあるんだ。なんか、怪しい」

中河さんは、あからさまに肩を竦めた。

ちょっとカチンときた。

「私もはじめはそう思ったんだけど。……でも、行ってみたら、ちゃんとした〝サロン〟だったのよ」

私は、子供のようにムキになる。

「参加費なんて、たった千円よ？　なにかを売りつける……なんてこともなく。……本当なんだから。私、とっても楽しかったんだから」

「分かった、分かった」中河さんは、半ば呆れ顔で言った。

「それで、あなたは、なにを思い悩んでいるわけ？　なにか、変なものを売りつけられたわけでも、トラブルがあったわけでもないんでしょう？」

「返事がないのよ」

「返事？」

「そう。サロンの主宰者の裕子さんに、その日のうちにメールを出したのよ。〝今日はお邪魔様でした〟って。なのに、返事がなくて」

「きっと、その人に気に入られなかったのね」

中河さんは、相変わらずの口調でズバリと言った。

そうなのだ。理由は簡単なのだ。単純に、私が裕子さんのお眼鏡にかなわなかっただけなのだ。そりゃそうだ。あんな凄い人たちと話が合うはずもなく、そもそも場違いだったんだ。でも……。

「でも、裕子さん、私にもう一度会いたい……的なことを言っていたって」

「本人がそう言ったの？」

「ううん、人づてだけど」

「だったら、あんまり信用しないほうがいいわね。期待しないほうがいい」

「そうかしら？」

「そうよ。本当に会いたかったら、あなたに直接、連絡が来るはずでしょう？」

「そうかもしれないけど……」

「簡単な話よ。その人とは縁がなかったのよ」

こんな風にズバリと言われるとなんだかすっきりする。

「そうだよね。縁がなかっただけだよね」

……なのに、なんでだろう、鼻の奥がつーんと痛い。

「やだ、どうしたの？　泣いているの？」

泣いてなんかいない。……泣いてなんか。なら、この頬を伝うものはなに？

「私、なんか悪いこと言った？」

中河さんがおろおろと、私の顔を覗き込む。

「ううん、違うの。……たぶん、更年期障害よ」

「やだ、更年期だなんて。ヨーコさん、あなた、まだ四十を過ぎたばかりでしょう？」

「ううん。更年期よ。間違いない。だって、ここんところ、私……」

そうだ。この感情の乱れは、更年期だからだ。

私は、それからも泣き続けた。

「……いいお茶があるのよ。それを飲めば、きっと落ち着くから」

中河さんが、キッチンに立つ。

ああ、本当に素敵なキッチン。私も、こんなキッチンにしたかった。

ああ、なんで、うちのキッチンは、あんな安っぽい管理人室のようなのかしら？

なんで、なんで、なんで？

なんで、私ばかり……。なんで！

いろんな感情が押し寄せて、収拾がつかない。

私、何をそんなに悲しんでいるの？　何にそんなに失望しているの？　というか、私、どうなりたいの？　私、どうしたいの？

その答えは、その後、すぐにやってきた。

スマートフォンから着信音。

……裕子さんからのメール！

心臓が飛び跳ねる。私は、スマートフォンにかじりついた。

『お返事が遅くなり、すみませんでした。過日は、お越し下さり、本当にありがとうございます。……あなたとはとても気が合いそう。もっともっとお話がしたいわ。もし、よろしければ、明日、いらっしゃいませんか？』

『行きます！』

私は、すぐに返事を出した。

そうだ。私は、裕子さんに認めてほしかったんだ。そして、あのサロンに呼ばれたかったんだ。それが叶った今、私の中で吹雪（ふぶ）いていた感情が、一気に凪（な）いだ。それどころか、底知れない喜びが湧いてきた。

「どうしたの？」

放心状態の私の前に、中河さんが静かにティーカップを置いた。そして、涙を拭きなさい……と、ハンドタオルも。

が、もうタオルは必要ない。だって、それで拭く涙は、もうすっかり乾いてしまったのだから。

「まさに、今泣いたカラスがもう笑う……ね」

中河さんが、やれやれと苦笑い。

「ね、もしかして、サロンの主催者から？」

「そう。明日、来ないか……って」

「行くの？」

「……うーん、どうしようかな」

などと言ってはみたが、もう『行きます！』と返事をしてしまった。

「なにか、心配ね」

中河さんが、相変わらず苦笑いで言った。

「なにが？　なにが心配？」

「だって、あなた、尋常じゃないわよ」

「だって、更年期だもの。感情の起伏がおかしくなっているだけよ」

「それだけかしら？」

「なにを心配しているの？」

「そのサロンの主催者って……本当に女性？」

「そうよ。……え？　なんで？」

「だって。今のあなた、まるで発情期のそれだもの」

「え？」

「うちのレモンちゃんも、避妊手術する前は、そんな感じだった」

自分のことを呼んだのかと、部屋の隅に設けられたケージでおとなしく寝ていたトイプードルが、「わん」と小さく応えた。

「つまり、更年期というより、発情期」

「まさか！」

私は、笑い飛ばした。

「だって、相手は裕子さんよ？　女性よ？」

「本当に、女性？」

「もちろんよ、裕子さんは、女性よ」

「本当に？」

中河さんが、私の心の奥底を覗き込むように、こちらを見た。そして、ケージの中のトイプードルも、そのビー玉のような目でこちらをじっと見つめている。

私も、つられて、自身の心の鏡を覗き込んでみた。

裕子さんが見える。

……髪を綺麗に結い上げ、浅葱色のエンパイアラインのワンピースを翻して、蝶の羽のような白いカシミヤショールをまとって。その胸元で揺れるのは、大玉本真珠のオペラネックレス。

が、もっとよく覗き込んでみると。

……ローストビーフが見える。

ローストビーフを切り分ける、男。

金城賢作だ。

＋

私、だから、裕子さんが死んだ夢なんて見たの？

自宅に帰っても、私は混乱するばかりだった。ソファに身を投げ出すと、私はダンゴムシのように体を丸めた。

私が本当に会いたかったのは金城賢作で、私が裕子さんの返事を待っていたのは、金城賢作に会う機会を狙っていたから？　つまり、私は裕子さんに会いたいのではなく、むしろ、邪魔だと思っているってこと？

邪魔？　……なんで？

だって、裕子さんは……、金城賢作とできている。間違いなく。

なぜなら、私、見てしまった。金城賢作と裕子さんが、ラバトリーで絡み合っていたところを。

それだけじゃない。二人はなにかと視線を交わし、すれ違いざまにお互いの体に触れていた。その官能的な様といったら！

見ているこちらの体が火照るようだった。体の芯が痺れる思いだった。

ダメ。

そんな声が、どこからか聞こえてくる。

『ダメ。そんなこと、少しでも考えてはダメ』

……それは、祖母の声だった。

『いい？　母親のような真似をしたら絶対ダメよ。不倫は、文化でも芸術でも、ましてや本能ですらないのよ。ただの愚行よ。弱くて哀れな人間が陥る罠。麻薬のようなもの。ドラッグに一度でも手を出した人間の行く末は、破滅しかないわ。自分だけが破滅するならいいのよ。でも、違うでしょう？　あなたまでこんな苦労を強いられてしまったのよ。母親が浮気して離婚なんてするもんだから、あなた、行きたい学校に行けなかったでしょう？　苦労続きだったでしょう？　……いい？　だから、あなただけは、そんなことをしちゃダメなの』

そうね、おばあちゃん。分かっている、分かっているわ。でも、思うだけよ。頭の中だけ。

『それでもダメ。思っていることが、結局は表に漏れ出してしまうものなのよ。事実、今のあなた、様子がおかしい。中河さんにも言われたじゃないの。「尋常じゃない」って。みんな思っているわよ、ここ最近のヨーコは、どこか変だって。まるで、あのときの母親そのものだって――』

分かった、分かった、分かったから、もうお母さんのことはよして。

考えない、金城さんのことも裕子さんのことも、これから一切、考えないから！

サロンだって、もう参加しない。

『何言っているの。尻軽女よろしく、誘われたそばからすぐにのったくせして。行きます！　って尻尾を振っていたくせして』

今から、断りのメールを送るわよ。……やっぱり行けません。そしてこれからも行けません。だからもうこれ以上連絡しないでください……って。

『本当に？　だったら、さっさとメール、打ちなさいよ。ほら、スマートフォンはすぐそこにあるじゃない。あなた、ずっと握りしめているじゃない。どうせ、裕子さんからの返事を待っているんでしょう？』

違うわよ、違う。

翔からなにか連絡があるかもしれないからよ。夫からもなにか……。

『嘘ばっかり。今の今まで、子供のことも夫のことも忘れていたくせに』

そんなこと、ないわよ。私はいつだって、二人のことを考えている。自分のことを考えるより先に、あの二人のことを！

『そうかしら？　だったら、今日の晩ご飯はどうするの？』

え？

『ほら、やっぱり忘れている』

違うわよ。今から買い物に行こうと——。

『買い物？　これから？　だって、もう六時になろうとしているわよ。今から行って、間に合うの？』

六時！　嘘でしょう？　さっき時計を見たときは、まだ二時を過ぎたところだったのに！

『あなたがうだうだと邪なことを考えているうちにも、時間はどんどん進んでいるのよ』

邪なって——。

『さあ、夕飯はどうするの？　そろそろ、あの二人、帰ってくるわよ、お腹を空かせて。……どうするの？』

大丈夫よ。冷蔵庫を探せば、二品や三品、なにかできるはずよ。冷凍庫にご飯の残りをストックしてあるからそれでチャーハンでも作って、そうそうワンタンの残りもあったわ。それでワンタンスープを作って。……あと、ツナ缶があったはずだから、キュウリとあえて中華風サラダにすれば、ほら、ちょっとした中華風ディナーの出来上がり。

『さすがね』

そりゃそうよ。小さい頃から鍛えられているもの、残り物で料理する技は。

『その点は、母親に感謝しなくちゃね。……だって、母親が浮気して離婚しなければ、あなた、そんな技を身につける機会もなかったんだから。……さあ、そろそろ帰ってくるわよ、あの二人が』

玄関先が騒がしい。

夫が帰ってきたようだ。……息子の声もする。

私は軽く頭を振ると、そろそろとソファから身を起こした。

＋

小鉢が指輪にあたり、鈍い音を立てた。

私は手を止め、泡だらけのスポンジをしばらく眺める。

シンクの中には、まだまだ洗わなくてはいけない食器が山と積まれている。

「はぁ」

思わず、ため息が出る。

なのに、カウンター向こうのリビングでは、夫と息子が我関せずと、それぞれのスマートフォンにかぶりついている。

「はぁ」

私は、少々芝居染みた感じで、もう一度ため息をついてみた。

息子が、ちらりとこちらを見る。が、それは一瞬で、すぐにスマートフォンにかぶりつく。

……スマートフォンなんて、与えなきゃよかった。

あれ？　これ前にも。

デジャヴ？

いや、違う。これが、私の日常なのだ。

同じようなことが繰り返され、同じようなため息をつく。

時間は間違いなく未来へと進んでいるのに、私の周りだけ、小さなリフレインが続いている。

『それが、幸せっていうやつよ』

祖母の声が、またした。

ここのところ、しょっちゅうだ。

理由は分かっている。

罪悪感だ。私の中の罪悪感が、祖母の声を蘇らせるのだ。

……もうこの世にはいない、祖母の声を。

『さあ、洗い物が終わったら、ちゃんとメールしなさいね、裕子さんに』

分かっている。

『ちゃんと断るのよ。明日は行けません……って』

分かっている。分かっているってば！

『裕子さん。先ほどはお誘いのメール、ありがとうございました。とても嬉しくて、つい、「行きます！」と返信してしまったけれど、よくよく考えたら、明日はパートで——』

ここまで入力して、私ははっと指を浮かせた。

こんな嘘、絶対すぐにバレる。だって、真由美が。

そういえば、真由美はどうするんだろう？　明日、行くんだろうか？

裕子さんへのメールはそのままに、アドレス一覧から真由美の名前を選択した。

『裕子さんから連絡があり、明日、〃六本木サロン〃に誘われました。真由美は〃六本木サロン〃に行きますか？』

送信ボタンを押そうと指を画面に近づけたところで、「あ、もしかしたら、真由美には声がかかってないかもしれない。だとしたら、この文面だと面倒なことになるわ」と思い直し、

『真由美は明日、なにか予定がありますか？』

と、文面を修正するも、「もし、真由美になにも予定がなかったら、今度はなんて返せばいいんだろう？」と思いとどまり、やはりここは素直に、〃六本木サロン〃に参加するのかどうかだけ訊ねたほうが後々面倒にならなくていい……と、三度、文面を修正していると、

『面倒、面倒って。……ヨーコ、あんた、本当は真由美さんとの付き合い、〃面倒〃だと思っているんでしょう？』

祖母の声が、またした。私の罪悪感の声が。

結局、私は、真由美にはメールは送らなかった。その代わり、

『明日、真由美も参加しますか？』

という文面を、裕子さんに送った。裕子さんからは、すぐに返信があった。

『明日、真由美は不参加です。用事ができたから出席できないと、先ほど、メールがありました』

つまり、真由美にも声をかけていた……ということか。

なんでだろう、ちょっとがっかり。

もしかして、真由美が参加できなくなったから、私に声がかかったのだろうか？

……私、ただの数合わせ？

そう思ったら、なんだかすべてがバカバカしい。

どうせ、私なんか、数合わせ人員に過ぎないんだ。裕子さんにとっては、補欠の補欠の
そのまた補欠。……金城さんだって。私のことなんか、覚えていないだろう。

『すみません。実は、私も急用ができて、行けなくなったんです』

そう入力すると、送信ボタンを荒々しく押す。……これで、私の罪悪感ともおさらばだ。

が、裕子さんから、今度は電話があった。緊張が走る。

「どんな急用なのかしら？」

え？　なんでそんなことを？　……もしかして、裕子さんって、ちょっと面倒な人なのかしら？

「出かける予定が入っちゃったんです」

まるっきりの嘘だが、こうなったら仕方がない。

なのに、裕子さんは、

「それは、一日かかる予定かしら？　もし、少しでも時間が空いたら、いらっしゃらない？」

と、なかなか許してくれない。

「でも、その用事、いつ終わるか分からないんです。……息子の学校の用事で――」

嘘が止まらない。……もうお願いだから、ここまでにして。これ以上、私に嘘をつかせないで。

「学校の用事なら、夜遅くまでかからないでしょう？」

「……ええ、たぶん」

「なら、その用事が済んだら、いらっしゃいよ。待っているわ」

「いえいえ、そんな。いつになるか分からないし」

「大丈夫よ。いつまでも待っているわ」

「でも、学校の用事のあと、マンションの理事会があって」

嘘に嘘を重ねていく自分が、どんどん情けなくなってくる。

もしかしたら、裕子さん、気がついているのかもしれない。

だとしたら、普通なら、一度目の嘘で引き下がるはずだ。私が裕子さんの立場ならそうする。……あ、この人、下手な嘘をついて、誘いを断っている。なら、仕方ない、その嘘を信じたフリして諦めよう……って。それが、大人ってもんじゃない？

「そうなんですか。学校の用事にマンションの理事会。……日曜日だというのに、お忙しいんですね」

今度こそ、引き下がるか？

「……なら、ご主人様は？」

「は？」

「ご主人様に参加していただくことはできるかしら？」

「……主人ですか？」

え？　俺？　と夫がこちらに視線を送ってきた。

スマートフォンに夢中なフリをして、実は、こちらの会話をずっと聞いていたようだ。

ううん、あなたは関係ない。……そう視線だけで応えると、私は自分のスマートフォンを握り直した。

「主人も明日は、用事があるようで」

ないよ、用事なんてない。……夫がジェスチャーでそんなことを言っている。

「……そう。残念だわ。本当に残念。明日のサロンは、ヨーコに喜んでいただけるかと思ったのに。……本当に残念。ヨーコのためにと思って、企画したものなのに」

「……私のために？」

「金城さん、覚えてらっしゃるでしょう？」

〝金城〟という名を聞いて、心臓にちりちりと電気が走る。

「金城さんがね、ヨーコのためにって、企画したのよ」

「……どういうことですか？」

夫の視線から逃れるように、私はキッチンを出ると、廊下の暗がりに身を隠した。

「ヨーコ、金城さんと息子さんのことでお話ししていたでしょう？」

……確かに、した。金城賢作に声をかけられて、家族構成とか、息子のこととか。……どんな息子さんなの？　と訊かれたから、スマートフォンに保存してあった画像も何枚か見せた。

「そのとき、あなたが息子さんの進路をご心配なさっていたって、金城さんが」

心配というか。……息子の学校のことを訊かれ、その流れで進路のことになり。……目指している高校はあるのか？　と訊かれたから、まだ決まっていないと答えたのだが。

「それでね、金城さんが、あなたのためにって、K予備校の講師をお呼びになったのよ」

K予備校っていったら、日本でも屈指の予備校。その講師陣は錚々たるもので、その何人かはテレビでもよく目にする。

「森塚アキラ先生はご存知よね？」

森塚アキラ？　もちろん！　今、テレビに引っ張りだこの、カリスマ講師。

「あなたに森塚先生をご紹介したいって、金城さんがサロンにお呼びになったのよ。息子さんの進路のことで、なにかお役に立つかもしれない……って」

私のために、あの超有名人の森塚アキラを？　しかも、金城賢作が？

「金城さん、あなたのこと、とても心配しているのよ。なにか力になりたいって。だから、私も協力しようと思って、明日のサロンは森塚先生の他に文化人を何人かお招きしたの」

「森塚先生の他にも……？」

「ええ、そうよ。……大手出版社の編集者、そして売れっ子小説家。……だって、あなた、本がお好きなんでしょう？」

私、そんなことまで喋ったかしら。……ああ、喋った。金城賢作に趣味は？　って訊かれて、読書です……って。しかも、本当は小説家になりたくて、結婚前は小説を書いていたんです……って。でも、投稿しても一次選考も通過しなくて、だから、諦めたんです……って。そしたら、彼、「諦めることはないよ。チャンスは、何歳になっても巡ってくる。自分が諦めない限り」って、私の肩を優しく叩いてくれて——。

「本当に、残念。……明日は、あなたのためのサロンでしたのに」

ちょ、ちょっと待って。

……私の中に、猛烈な勢いで未練が渦巻く。

行きたい。そのサロンに、行きたい。でも、今更、「やっぱり、行きます！」なんて、言えない。狼狽えていると、夫がリビングの扉を少し開けて、こちらを窺っている。

「あ、主人が戻ってきたようです。今、主人とちょっと相談してみますので、折り返し、電話していいですか？」

「ええ、もちろんよ。いいお返事、待っているわ」

「なんだよ、今、森塚アキラがどうのって言ってなかったか？」

夫が、のっそりとこちらにやってきた。

「……うん、明日、森塚アキラが来るんだって」

「マジで？　どこに？」

「知り合いのサロンに」

「サロン？」

「裕子さんって人が主宰しているんだけど。……前に一度だけ参加したんだけど、まさにセレブの集まり」

「その集まりに、森塚アキラが？」

「うん。来るって」

「マジかよ！　だって、森塚アキラっていったら、今、最も捕まらない有名人だぜ？　予定も五年後までぎっしり。俺の会社の広報部も、何回もチャレンジして失敗しているって」

「あなたの会社で、森塚アキラを？」

「うん。ほら、うちの会社、来年で創立三十周年だろう？　それで、講演を頼みたいって、随分前から声をかけているらしいんだが、全然、捕まらないらしい」

「でも、その森塚アキラが、明日、来るって……」

「マジかよ！　あの森塚アキラを押さえるなんて、いったいどんなサロンなんだよ、それ」

「森塚アキラだけじゃなくて、他にも大手出版社の編集者とか、売れっ子小説家とかも来るんだって」

「それ、おまえ、もちろん、行くんだろう？」

「……でも、断っちゃったの」

「なんで！」

「だって」

「なら、俺が行くよ、俺が行く」

「あなたが？」

「うん、俺が」

「でも。……あなた、きっと、浮いちゃうわよ。だって、本当に凄いサロンなんだから。……ああ、来るんじゃなかった、場違いだった……って」

「そんなことないよ。俺だって、仕事柄、いろんな集まりには顔を出しているさ。お前なんかより、全然慣れている。だから、俺が行くよ」

夫が、少年のように瞳をキラキラと輝かせている。思えば、彼もまた、根っからの文系男だ。森塚アキラはもちろん、大手出版社の編集者、売れっ子小説家と聞いて、居ても立っても居られなくなったのだろう。

私だって、行きたい。

本当は、明日の用事はすべて夫に任せることにしました……という嘘を言って、自分が参加しようと思っていたのに。

これじゃ、そういうわけにもいかない。

夫が、ワクワクと頰を紅潮させて、私の顔色を窺っている。

……仕方ない。明日のサロンは、夫に行ってもらおう。これも、下手な嘘をついてしまった、……ううん、裕子さんを利用して金城賢作と会う機会を狙っていた罰だ。

ここは、その罰を素直に受けよう。

そうすれば、この息苦しい罪悪感も薄れるだろう。……祖母の声もしなくなるだろう。

「分かった。……じゃ、私の代わりに明日、参加してくれる？　今、裕子さんに電話するからさ……」

10

その夜、夫の帰宅は随分と遅かった。

玄関のドアが開いたとき、深夜一時を大きく回っていた。

「サロンはどうだった？」と訊いても、「うん、まあまあ」と、心ここに在らずで応えるばかりだ。

きっと、あのマンションの豪華さに、そしてサロンの煌びやかさに、なにより本物のセレブを目の当たりにして、面食らってしまったのだろう。私がそうだったように。

ほら、だから言ったじゃない。

あんなところに一般人が顔を出したところで、落ち込むだけなんだから。自身の矮小さに気づかされて、打ちのめされるだけなんだから。

……私が、そうだったもの。

確かにあなたは仕事柄、有名人やお偉いさんに会うこともあるでしょう。でも、仕事でそういう場に臨むのと、プライベートで肩を並べるのとじゃ大違いなのよ。

そう言ってやりたかったが、夫の憔悴し切った顔を見ていたら、

「何か、食べる？」と言うのが精一杯だった。

食べ慣れないものを食べて、きっと胃が萎縮しているに違いない。そう思って、私は、簡単な夜食を用意していた。夫が好きなサケとイクラの親子茶漬けと、キャベツとカブの浅漬け。そして、夕飯の残りのポテトサラダ。

が、夫は、

「いや、いい。もう寝る」

と、私の前を通り過ぎた。……いい香りがする。なんの香りだろうか。……たぶん、裕子さんの部屋の香りだ。

あの部屋は、部屋そのものが香水とばかりに、いたるところ、花の匂いで噎せ返るようだった。私もそうだった。服にその香りが染み付いてしまい、いつまでたっても消えずに残っていた。

……夫も、きっと、当分はその香りに悩まされるだろう。香りがするたびにサロンの記憶が蘇るからだ。それはつまり、敗北の記憶だ。

＋

枕元に置いたスマートフォンに電話の着信があったのは、午前四時過ぎだった。

なかなか寝付けず、浅い眠りの縁をうろついていた私の脳は、たちまち覚醒した。

隣のベッドでは、夫が深い寝息を立て、眠っている。

スマートフォンを手繰り寄せると、裕子さんの名前が表示されている。

「裕子さん？　どうしたんですか？」

電話に出ると、

「今から、こちらに来られない？」

と、切羽詰まった声が聞こえてきた。

「え？　どういうことですか？　四時過ぎですよ？」

「大変なことが起こったの。……あなたの力を借りたくて」

「どういうことです？」

「詳しい話は、あとで。……とにかく、今すぐに私の部屋に来てほしいの」

「無理です。こんな時間に、電車もまだ動いてません」

「だったら、タクシーでもなんでもいいから、今すぐに、来て」

「タクシーって……。ここから六本木まで行ったら、いったいいくらになるか……」

「なんなら、タクシー代、私が払うわよ。とにかく、早く、来て。でないと、あなた、大変なことになるわよ？」

「え？」

「だから、あなたのせいで、今、大変なことが起きているのよ！　このまま放置していたら、あなた、人生終わりよ？」

「………どういう」

「だから、早く、こちらに来なさい！　今すぐ！」

CHAPTER3.

A面

11

るるるるるるる……

るるるるるるる……

るるるるるるる……

るるるるるるる……

分かった、分かった。今、出るから、ちょっと待ってよ。

……スマートフォンを手繰り寄せると、久美子の名前が表示されている。

「陽子？」

その声には、なにやら怒りが滲んでいる。

「陽子？　いったい、どうしたのよ！」

どうしたの……って。……っていうか、何を怒っているのよ？

「さっきから、ずっと電話していたのに！」

そうだったの？　ごめん、ちょっと寝てたからさ。

……疲れてんのよ、ここんところずっと締め切りに追われて。

……だから、もう少し、寝かせて。

「陽子、約束は？」

約束？　……約束？

『……じゃ、正午、赤坂見附駅Ｄ出口で待ち合わせでいい？』

あ。

私の眠気が、一気に吹っ飛んだ。

そうだ、私、久美子と約束していたんだ！　なのに、あれから寝てしまって……。

今、何時？

え、うそ！　午後二時を過ぎている！

「ごめん、久美子。ちょっと、バタバタしていて。……今から出るから。あと、一時間、……一時間半、待って。タクシー飛ばして、今から行くから！」

私は、矢継ぎ早に言い訳した。

「もう、いいよ」なのに、久美子の声はまだ怒気を含んでいる。

「ほんと、ごめん」

「だから、もう、いいって」

「でも」

「もう、近くまで来ているから」

「え？」

「あと五分ぐらいで、陽子んちに到着するから」

え？　どういうこと？　……うちに来るってこと？

「だって、陽子、待ち合わせ場所に来ないんだもん！　この寒空、三十分以上も待ってたんだから！　電話にも出ないしさ！　だから——」

久美子は、「悪いのはあなた、これは当然の報いだ」……とばかりに、まくし立てた。

「こっちから行くことにしたの。いいでしょう？」

それは有無を言わせない口調だった。

私は、催眠術にかかった被験者のごとく、「……うん、分かった」とだけつぶやくと、電話を切った。

「嘘でしょう！」

が、すぐに我に返る。

この部屋に、来るの？　ちらかりまくった、この部屋に⁉

どうしよう、……どうしよう！

12

「ね、本当に押しかけて大丈夫だったのかな？」

彼が、電子タバコを弄(もてあそ)びながら、言った。

「……だって、仕方ないじゃない」久美子は、バツ悪く、答えた。

「でもさ、……あの部屋」彼の顔も、こころなしかバツが悪そうだ。

「なんか、悪いこと、したかな？」

この人から、こんな反省の言葉を聞くなんて。

人のプライバシーを土足で踏み荒らすような商売を二十年も続けてきた男が。

男の名前は、亀井仁志(かめいひとし)といった。

長らく「週刊トドロキ」のデスクをしていたが、くびを切られ、今はフリーの記者をしている。

彼とは、いわゆる〝不適切な関係〟というやつだ。

こんな関係になったきっかけは、今となってはよく思い出せない。彼は久美子が誘ったのだと言い、久美子は彼に誘われたと記憶している。

……まあ、どちらでも一緒だ。どちらが悪いとか、どちらに責任があるとか、そんなことを擦(なす)り合う時期はとっくに過ぎている。

そう、今では、長年連れ添う夫婦のような関係だ。体を重ねる回数は減ったが、惰性でずるずると関係を続けている。……というようなポーズをとっているが、久美子の本音は少し違う。やはり、この男をまだ愛している。……いや、〝愛〟ともまた違うかもしれない。友情？　そうだ。ひらたくいえば、これは友情の域だ。

だから、彼からなにか頼まれると、つい、協力してしまいたくなる。

が、今回は、こちらのほうから彼に連絡を入れてみた。

「喜多見裕子って、知っているでしょう？　ほら、惨殺死体で発見された。彼女ね、私の中学時代の同級生なの。……今も、交流があるんだけど」

そう、自ら売ったのだ、同級生を。

我ながら、なんと浅ましい人間かと思う。でも、なにか口実が欲しかったのだ。彼に連絡する口実が。

というのも、ここ最近、彼からの連絡が途絶えていた。その前にちょっとしたことで喧嘩になり、そのまま別れたきりだった。

だからといって、こちらから連絡を入れるのは癪だった。

……このまま、終わるんだろうか？　そうだ、このまま終わるんだ。それならそれでいいじゃない。もう潮時だったのよ。……と言いながら、毎日のように口実を探していたのも確かだった。彼に連絡を入れる、なにかいい口実を……。

そんなときだった。喜多見裕子が殺害された。しかも、残虐な方法で。犯人は、見つかっていない。

これは、きっと、話題になる。ワイドショーで、週刊誌で、そしてネットで。

美人元ホステスは、なぜ、殺害されたのか？　誰の手によって？

この手のニュースは、いつの世も、世間の耳目を集める。そしてマスコミは、我先にと情報をかき集めるのだ。

だから、きっと、彼も――。

案の定だった。連絡を入れると、彼は見事に飛びついてきた。

「写真は？　写真はないの？」

そして、陽子に連絡してみたのだが。約束をすっぽかされた。

「……君のお友達、来ないみたいだね？」

彼は、厭味たっぷりに肩を竦めた。

「まあ、いいや。……他をあたるからさ」

帰ろうとした彼の袖を引き戻した久美子は言った。

「他？ 他ってどこ？」

「……どこって言われてもさ」

「陽子は、裕子と関係が深いのよ。陽子なら、裕子の情報をたくさん持っている」

「でも、その陽子って人、来ないじゃん。つまり、拒否られたってことだろう？」

「違う。陽子はそんな子じゃない。なにか、理由があるのよ」

「でも、もういいや。もう行くよ」

「待って。……陽子かも。裕子を殺したの、陽子かも」

まったくの口から出まかせだったが、止まらない。

「だって、なにか揉めていたもの、あの二人。……だから、陽子が犯人かもしれない」

彼の目の色が変わった。離れつつあった気持ちが、完全にこちら側に戻った。

「今の話、本当か？」

「それを確かめるためにも、行きましょう、彼女の家に」

そして、陽子の自宅マンションまで来てみたのだが。

横浜駅から徒歩十分ほどの場所にある、ヴィンテージマンション。

「へー。さすがは、小説家先生だな。いいところに住んでいる」

が。

その玄関ドアの前まで来たとき、何かイヤな臭いがした。

彼の眉間にも、皺が寄る。

しかも、ドアホンには、趣味の悪いシールが貼られている。そのドアホンを押すと、ドアが少しだけ開いた。部屋の中から、生ぬるい異臭がほんのりと漂ってくる。

ドアの隙間から、陽子の白い手。……手袋？

陽子の視線が、彼の隅々を這う。

久美子は、ドアの隙間から部屋の中を覗き込むような姿勢をとったが、それより早く、

「ごめんなさい、やっぱり無理」と、陽子。

がちゃがちゃがちゃ、がたん。

施錠をする音とチェーンをする音が、虚しく響く。

「いったい、なんなんだ？」とでも言っているような彼の唇からは、微かなニンニクの臭い。

「あの子、潔癖性なのよ」この不思議な状況に解説を与えるように、久美子は言った。

「だから、知らない人を部屋に上げたくなかったのよ。……ごめんね」

「え？」

彼は、どういう意味？　と言いたげに、両頬を膨らませた。困惑しているときに自然と出る彼の癖だ。

その髪、少し臭う。口も臭う。ニンニク料理でも食べてた？

それに、そのご自慢のMA-1も結構汚れている。古着屋ではヴィンテージ扱いかもしれないけれど、陽子の基準では、それはただのゴミ。アウトなの。

……言おうとしたが、やはりやめた。

＋

久美子たちは、体(てい)よく追い返された訪問販売員の心境で、エレベーターに向かった。

「そうか、やっぱり、彼女は潔癖性か」

〝下〟のボタンを押しながら、彼が、そんなことを言う。

「やっぱり？」

「彼女の小説、読んだことがあるよ。……で、なんとなくそうじゃないかと思ってたんだよね」

「どういうこと？」

「前に取材したときに聞いた話なんだけどね。極度の潔癖性の人の中には、部屋を片づけられなくなる人もいるんだってさ」

「どういうこと？」

「ゴミや汚れに触ることができないのが原因で、ゴミを放置してしまうんだそうだよ。結果、ゴミだらけになると。……今日も、彼女、白い手袋してただろう？」

ああ……なるほど。

そういえば。

女子会のときも、極力、ゴミを触らないようにしていた。使用済みの紙ナプキンとか、床に落ちたフォークとか、汚れた食器とか。どうしても触らなくてはいけないときは、ウエットティッシュを何枚も重ねて二本の指だけを使って、恐る恐る触れる。その使用済みのティッシュも「汚い」とそのまま放置してしまう。……そのウエットティッシュはいつも持ち歩いているもので、〝除菌〟という文字が大きく書かれたものだ。

……なんか、おかしいな……とは思ってたんだ。あんなものを持ち歩いて。だって、携帯用ではなくて、家庭内で使う用の、大きいやつだ。それで拭きまくっているくせして、それが汚れてしまうと、その場に放置。

だから、食事会のときだって、陽子の周りだけ、いっつも汚い。

……異常なほどに。

だからといって、まさか、部屋まであんなことになっていたなんて。

ドアの隙間から見えた範囲だけでも、それは尋常ではない有様だった。本来、玄関先にないもので溢れていた。例えば炊飯器。例えば鍋、……デスクトップのパソコンまで。

そして、壁一面には、何かがベタベタと貼られていた。

「陽子さんのような例は特別ではないよ。そう、特別に〝変〟なことではない。事実、ゴミ屋敷あるいは汚部屋(おべや)は増える一方だよね。それを、現代社会の闇だとか、病理とか言う人もいるけどさ、俺は違った見解を持っているんだ」

「どういう……こと?」

「俺が思うに、昨今の厳格な分別も原因だと思うんだよね」

「分別?」

「そう、ゴミの分別。真面目な人ほど、それを厳守しようとする。でも、分別を完璧にできる人なんて、わずかだ。たいがいは、ペットボトルのラベルを剥(は)がさずに捨ててしまうし、プラスチックの部分とそうでない部分を分解せずに捨ててしまう。そう、ほとんどの人は、自分ができる範囲で分別するもんだ。……中には、分別ルールなんて知ったこっちゃないとまったく守らないフトドキモノもいる。でも、下手に真面目な人はマニュアル通りに完璧に分別しようとして、結局はそれが続けられずに、捨てるに捨てられず、ゴミをため込んでしまう。……つまり、陽子さんは、真面目を絵に描いたような人なんじゃないか？　不器用なほどに」

あ。まさにそれだ。久美子は、小さく手を叩いた。

「陽子、中学生の頃は、超真面目だったのよ。真面目というか、杓子定規というか。校則もきっちり守ってたっけ。……彼女ぐらいだったんじゃないかしら、校則通りの生徒って。歩く生徒手帳……なんて言われてた」

「歩く……生徒手帳？」

「生徒手帳の一ページ目に、『髪型、服装のルール』として、模範例イラストが載っていたんだけど。そのイラスト通りの子だったの。髪はそんなに長くもないのに後ろできっちりふたつに結んで、前髪は眉毛の上でカット。いわゆる、オン・ザ・眉毛。スカート丈はきっちり膝下十センチ、そして白ソックス。もちろん、脱色もパーマもしないで、眉毛もぶっといまま。……ただ、彼女、眉毛が薄くてね。ぱっと見、なんだか抜いたように見えるのよ。それで、一度生活指導の先生に疑いを持たれてね、それからは、眉墨でぶっとく描いていたみたい」

「それ、立派な化粧だよね？　化粧なんて、一番やっちゃダメなんじゃない？」

「もちろん、化粧は禁止だった。……だから、眉墨なんて矛盾なんだけど。でも、陽子にとっては、生徒手帳に描かれた〝模範例〟こそがすべてだったんじゃないかしら」

「つまり、ルールの本質はなにか？　というのを考えるのではなく、ルールで示された例の表面だけをなぞる……的な？」

「そうそう、まさにそれ。……そういえば、こんなこともあったっけ。陽子、あるとき、学校を二日間、休んでね。その理由がケッサクなの。スカート丈が、ルール違反しちゃったから、裾を縫い直していたから……って言うのよ」

「どういうこと？」

「うちの学校のルールでは、スカート丈は膝下十センチ。または床から三十センチ以上……ってことになっていたんだけど。……成長期でしょう？　陽子、急に背が伸びたらしく、あるとき、〝膝下八センチ〟だということが判明したんですって。それで慌ててスカート丈を調整したら、今度は床から二十九センチになって、それで、また裾を解き直して調整」

「マジか？」

「……バカでしょう？」

「そもそも、スカート丈なんて、俺らが中学校のときの女子なんか、みんな結構適当だったぜ？　ウエスト部分を折り曲げて、臨機応変に長くしたり短くしたりしていた」

「私たちだって、そうよ。陽子だけよ、あんなにきっちりと調整していたのは。……学校休んでまで」

「そんな理由で？」

「それだけじゃないんだから。規定の白ソックスが全部洗濯中で、それが理由で学校を休んだこともあったんだから」

「……まさに、本末転倒」

「でしょう？」

「なるほどね。その性格が、あの汚部屋につながったのかもね。……なんか、うちの嫁さんに似ているかも」

〝嫁〟という言葉に、久美子の胃が自然ときゅっと縮む。

なのに、彼は、延々と話を続けた。

「だって、ほら。今って、ゴミ出しのルールって細かいじゃん。うちなんて、ゴミごとにゴミ箱があってさ、部屋中ゴミ箱だらけだよ。それでも、『分別がされてません』って、ゴミが返されちゃうことがあるらしくて。それからは、ますますゴミ箱が増えちゃってさ。区役所から分別のガイドラインが配られるじゃん？　ゴミがイラストで表され、それをいつ、どんな形で廃棄すべきなのかを表組で解説した、A3サイズのガイドライン」

あ、そういえば。陽子の部屋にも。

ドアの隙間から見えた壁一面のあれは、ゴミの出し方ルールを記したポスターではないだろうか？

「嫁さん、それを冷蔵庫とダイニングと寝室の壁に貼って、ことあるごとに眺め、そしてゴミを捨てるときは必ず照らし合わせてさ。ガイドラインに掲載されていないゴミがあったときは、そのたびに区役所に連絡して確認してさ。

もちろん、俺にもそれを強いるわけ。プラスチックの注ぎ口がついている紙パックの飲料容器をそのまま廃棄したときなんか、こっぴどく叱られてさ。『プラスチックの部分と紙の部分を分けて！』って、何度も何度も説教されて」

「でも、紙パックからプラスチックの部分を取り出すのって、結構難しいし手間がかかるよね」

久美子は、その話はもうお終い……という合図を出したつもりだが、彼はさらに続けた。

「そうなんだよ、あれは本当に面倒なんだよ。そんな面倒なことをするくらいならそんな商品はもう二度と買わないと逆ギレもしたが、しかし、俺が大好きな苺味のミルクはその面倒な容器で販売されていて、それを飲まずに済ませるわけにはいかなかったんだよ。

結果、苺ミルクを飲みたいときは嫁さんには内緒で外で飲み、そして外のゴミ箱に捨てるという悪知恵を思いついたんだけど。でも、それはある種の罪悪感も伴っていて、苺ミルクは『いけない』味になっちゃったんだよな。今もその後遺症は続いていてさ、苺味のものを口にするたびに、後ろめたい気分になる。プラスチックと紙を一緒に廃棄するという、ちくりと痛い罪悪感が、そのたびに蘇る。……嫁さんのことを思い出して」

彼は、ここで、なんともいえない表情で、深いため息をついた。

「嫁さん、俺だけじゃなくて、マンションの住人たちにも厳しくてさ。分別されていないゴミを見つけると、どんなに時間をかけてもその住人を探し出し、そしてゴミを突き返して。……自分がやられたのと同じことを、人にもしているんだ。……たまんないよ」

もしかして、彼と奥さんがうまくいかなくなった原因って、……それなの？

「たかが、分別ごときでそんな大袈裟な……という人もいるかもしれないけどさ、人によっては、『分別』こそがこの世で守らなくてはならない最優先事項になってしまっている。……それが、まさに、陽子さんなんじゃないかな？」

ようやく陽子の話に戻ったので、久美子は、ここぞとばかりに、大きく頷いた。

「そうね。真面目な人ほど、行政が課したルールを厳格に守ろうとして、結局はそれを守れず、破綻してしまうんだよね。陽子も、もしかしたら、あまりにきっちりと分別しすぎて、いつしか分別を放棄したんじゃないかしら。ならばそのまま捨ててしまえばいいものを、『ダメ、捨てるときは分別しなくては』という義務感だけは頑固に居座り、結局、『いつか分別するんだから』という言い訳を繰り返しながら、ゴミをそのままにしておくようになった……とか」

「陽子さんは、たぶん、『許容範囲』というものを持ち合わせてないんだろうな。だから、極端から極端に走る。……小説を読んでいると、そんな感じがす——」

そこまで言ったとき、ようやくエレベーターが来た。

＋

「でも、陽子が裕子と親しかったのは、間違いないから」

駅前の喫茶室。久美子は、ルイボスティーを啜りながら言った。

「じゃ、君は？　君は裕子さんとは？」

問われて、久美子は、視線を巡らせた。訊かれたくないことを訊かれたときの、癖だ。

それを察したのか、彼は質問を変えた。

「あんまり、仲よくなかった？」

「……そうね。好きか嫌いかで言われたら……好きじゃなかった」

「だから、殺害されたというニュースが入ったときも、それほど衝撃は受けなかった？」

この人に嘘を言っても通じない。そう観念して、久美子は言った。

「そうね。……ああ、そうなんだ……って。そのぐらいの驚きはあったけど。でも、悲しいとか、ショックとか。……そういうのは全然だった。だって、私、彼女のこと苦手だったから」

「苦手？」

「……ううん、嫌いだったから」

「なのに、裕子さんと女子会を続けていたんだろう？」

「だって。……女性の人間関係ってそういうものなのよ。その関係性は〝好き〟だけじゃないのよ」

「複雑なんだな」

「そう、複雑なの」

「俺だったら、嫌いなやつとは、食事なんかしないよ」彼は、苺ミルクのストローを咥え込んだ。「……まあ、それが仕事相手だったら、また話は別だけど。……まあ、いずれにしても」

そして、おもむろに手帳を広げると、ページを捲りはじめた。

「今朝のワイドショーで、喜多見裕子は整形しているって言っていたけど」

「ああ、……純子の番組ね」

「大井純子、知ってるの？」

「彼女も、同級生なのよ」

「へー。そうなんだ」彼のまつ毛が、なにか意味ありげに揺らぐ。「……で、整形してるっていうのは、本当？」

「うん。してる。目と鼻と顔の輪郭と……」

「顔のほとんどじゃないか」

「そうなの。だから、同窓会で再会したときは、一瞬、分からなかった」

「これが、下手なミステリー小説だったら、実は別人だった……なんていうオチなんだけどな」

「別人？」

「そう。整形したことにして、誰かが、喜多見裕子になりすまして――」

「それはないわよ。本人よ。顔をどんなに変えても、変えられない雰囲気というものがあるもの。……彼女は間違いなく、喜多見裕子よ」

「本当に？」

「当たり前じゃない。馬鹿馬鹿しい。それに、警察も喜多見裕子本人だって、断定したんでしょう？」

「いや、どうだろう」

「え？　だって、報道では――」

「これは、警察内部の協力者から聞いたことなんだけど――」

彼の顔が近づいてきて、久美子は身じろいだ。

苺ミルク臭が、ぷわんと漂う。

「……なんでも、首から上が見つかってないんだって」彼の顔がさらに近づいた。

「首から上が？」

「そう。たぶん、犯人が持ち去ったんじゃないかと。……それはそうと、さっき言ってたよね。陽子さんが喜多見裕子を殺したかもしれないって。どういうこと？」

「えっと、それは……」久美子は、視線を巡らせた。……それは口から出まかせだ。彼の気を引くために、つい、言ってしまったことだ。が、「……なんか、三角関係だったみたいなの」と、久美子はさらに嘘を重ねた。

「三角関係？　誰と？」

「えっと。……それは分からない。噂で聞いただけだから」

「やっぱり、陽子さんに直接会って、話を聞きたいな。ここに呼び出してくれる？」

「無理よ」久美子は慌てて言った。「陽子、頑固なところがあるの。一度拒否したものは、二度と受け入れないのよ」

「つまり……俺が拒否されたってこと？」

久美子は小さく頷いた。彼の表情がしゅんと曇る。その表情にいつもの好奇心を蘇らせたくて、久美子は言った。

「……もしかしたら、あの部屋にあるのかも。陽子のあの部屋に、裕子の首が」

B面

……スマートフォンを手繰り寄せると、裕子さんの名前が表示されている。

「裕子さん？　どうしたんですか？」

電話に出ると、

「今から、こちらに来られない？」

と、切羽詰まった声が聞こえてきた。

「え？　どういうことですか？　四時過ぎですよ？」

「大変なことが起こったの。……あなたの力を借りたくて」

「どういうことです？」

「詳しい話は、あとで。……とにかく、今すぐに私の部屋に来てほしいの」

「無理です。こんな時間に、電車もまだ動いてません」

「だったら、タクシーでもなんでもいいから、今すぐに、来て」

「タクシーって……。ここから六本木まで行ったら、いったいいくらになるか……」

「なんなら、タクシー代、私が払うわよ。とにかく、早く、来て。でないと、あなた、大変なことになるわよ?」

「え?」

「だから、あなたのせいで、今、大変なことが起きているのよ! このまま放置していたら、あなた、人生終わりよ?」

「……どういう」

「だから、早く、こちらに来なさい! 今すぐ!」

13

その一時間後、中央自動車道をひた走ってきたタクシーは、いよいよ首都高に入った。時計を見ると、朝の六時前。街は鈍いオレンジ色の朝焼けの中。が、すでに目覚めの準備ははじまっているようで、車の数も刻一刻と増えている。

「……六本木の、どこまで?」

タクシーの運転手が訊いてきた。

ああ、そうか。タクシーに乗ったとき、「とりあえず、六本木まで」としか言ってなかった。

「六本木の、どこまで？」

運転手が繰り返した。その声は、どこか嬉しそうだ。

料金メーターを見ると、とうに一万円は超え、二万円になろうとしている。高速料金も入れると、いくらになることやら。

訳の分からない焦燥感と強迫じみた衝動に突き動かされてタクシーに乗ってはみたが。ずんずんと数字を上げていく料金メーターを見ていると、また違った焦燥感が湧き出してくる。

ああ、とうとう、二万円を超えてしまった。

……いっそのこと、ここで降りてしまおうか？

この時間だったら地下鉄はもう動いているだろう。あとは、それに乗って……。

「最寄りの駅はどこでしょうか？」

訊くと、

「へ？」

と、運転手がバックミラー越しにこちらを見た。が、すぐに目を逸らすと、

「……そうですね、初台はもう過ぎちゃいましたから……次は新宿かな――」

――だから、早く、こちらに来なさい！　今すぐ！

裕子さんの声が聞こえたような気がして、

「あ、やっぱり、六本木までお願いします」

と、私は慌てて訂正した。

「分かりました。……で、六本木のどこまで?」

運転手は、先ほどの質問を繰り返した。

「えっと、六本木の……」

あれ? 裕子さんのマンションって、どこにあるんだっけ? っていうか、住所、知らない。最寄りの駅は六本木駅だったけど。そこから十分ほど歩いて……。

なんだかよく分からない汗が噴き出す。

「ちょっと待ってください。今、住所を確認しますんで」

えーと、スマートフォン、スマートフォン……。バッグを探っていて、今更ながらに気がついた。このバッグ、近所に買い物に行くときに使用するトートバッグだ。ファッション誌の付録についていた、ビニール製。でも結構丈夫で、なんやかんやともう一年は使っている。

こんなものを持って、六本木に行くつもりなの、私。あのセレブマンションに? 思えば、この服も普段着だ。だって、選んでいる暇なんかなかった。だから、目に付いたものをちゃっちゃっと着込んで。……このダウンジャケットだって。クリーニングに出そうと、玄関先のハンガーにこの半年間ずっと吊るされていたやつ。だから、どこか煤けて、そしてなんだかちょっと臭う。……いやだ、私ったら。なんで、こんなのを選んでしまったんだろう？　せめて、上着ぐらいよそゆきのものにすればよかった。

大型トラックが横にやってきて、影を投げかけた。車窓に、自分の姿が映し出される。

……なに、これ？

我ながら、なんて無防備な姿。

化粧もしていなければ、髪も、逆毛を立てたようにあちこちが跳ね上がっている。しかも、まつ毛は目やにに覆われ、口の端にはヨダレのあと。

まさに、寝起きの顔のままだ。

トラックの運転手が、なにやらギョッとした様子でこちらを見た。が、「くわばらくわばら」とでもいうように、スピードを上げて私たちを追い越していく。

私は、ダウンジャケットを手繰り寄せると、身を隠すように体を丸めた。

バックミラー越しに、運転手の視線が飛んでくる。

「……もしかして、病院ですか？」

「え？」

「お知り合いかどなたかが危篤で、それで病院に行かれるんですか？」

「…………」

「あ、すみません。立ち入ったことを。……いやね、前にもありまして。深夜、八王子あたりを流していたら、寝間着姿にダウンコートだけを羽織ったご婦人に停められまして。髪はボサボサ、眉毛もひいてないすっぴんだったものですから、一瞬、幽霊かと思ったんですよ」

「……幽霊」

「もちろん、幽霊じゃありませんでしたけどね。で、名古屋まで行ってくれっていうんですよ。なんでも、息子さんが事故にあって入院してしまったからって」

「……事故」

「あのお客さんは、気の毒だったな。名古屋まであと少し、というところで、携帯電話が鳴りましてね。息子さんが亡くなられたって。……ほんと、気の毒でしたよ」

「…………」

「だから、お客さんも、もしかしてそうなのかな……って。なにか訳ありなのかなって」

「……はい」

ここは、運転手の推測に便乗するしかない。「……はい、そうなんです。知り合いが、大変なことになってしまって。……それで、一刻も早く、六本木に行かなくてはいけなくて」

「やっぱり、そうですか。なら、急がなくちゃいけませんね。……で、六本木の、どちらまで？」

運転手が、先ほどの質問をまたもや繰り返した。六本木のどこが目的なのかはっきりしてくれ。それによって高速の出口も変わってくるのだ……といわんばかりに急かしてくる。

「……ああ、ちょっと待ってください」

私は、再び、トートバッグを探った。

あれ？　……やだ、うそ。スマートフォン、持ってくるの、忘れた。

バックミラー越しに、運転手がぎろりと睨みつける。

「だから、お客さん、六本木のどこですか？」

14

「……遅くなって、すみません！」

私は、エントランスのインターフォンに向かって叫んだ。

「……あれからすぐにタクシーに乗ったんです。でも、こちらの住所を詳しく知らなくて。で、お電話しようと思ったんですが、スマートフォン、忘れちゃったんです。それで、六本木駅で降ろしてもらって……。記憶を頼りに、ここまで来ました。……あ、部屋番号はどういうわけかしっかりと覚えていて。二九一四号室。これだけは覚えていたので、助かりました。これまで忘れていたら、私……」

と、そのとき、お屋敷の門扉のような自動ドアが、うやうやしく開いた。

そのドア向こうで、じっとこちらの様子を窺っていたドアマンが、慇懃無礼に軽く会釈する。その眼差しには、あからさまな警戒心がたっぷりと滲んでいる。

そりゃ、そうだろう。朝っぱらから、こんな形で、インターフォンに向かって叫んでいる女を見たら警戒しないほうがおかしい。

どうもすみません、怪しいもんじゃないんです、二九一四号室の住人に呼び出されまして……と身をかがめながら、そろそろとホールまで進むも、その前にまたオートロックドア。あたふたしながら操作盤のテンキーを押すと、

「すみません、私です……」

今度は囁くように言ってみる。返事はなく、ドアだけがすーっと開く。エレベーターの前でまたもやオートロック。「すみません、私です……」

こんなことをその後も二度ほど続けて、ようやく、二九一四号室の前までやってきた。

ああ、ようやくたどり着いた。よかった、この部屋番号だけでも覚えていて。

「二九一四か。……憎いよ……だね」

いつかの真由美の声が蘇る。そう、初めてここを訪れたとき、一緒に来た真由美が独り言のように言った。

「憎いよ……だなんて。裕子らしい」

そして、苦々しげにうっすらと笑った。その強張った表情がいつもの真由美らしくなくて、気になった。……その笑いはどういう意味なんだろう？　でも、そんな疑問も、ドアが開くとすぐに吹っ飛んだが。

でも、「憎いよ」という語呂合わせだけは、しっかりと脳に叩き込まれていてよかった。でなければ、今頃、私は……。財布の中には、もう百円もない。タクシーの運転手に、財布の中身のほとんどをもぎ取られたからだ。しかも、スマートフォンもない。家に連絡を入れることもできなければ、戻ることもできない。危うく、六本木で迷子になるところだった。こんな、みすぼらしい格好で。

そんな最悪なことにならなくてよかった。とりあえずは、ここまでたどり着くことができて、よかった。

私は、そのドアの前で深呼吸をすると、呼び鈴を押した。

……が、返事はない。三十秒ほど待って、もう一度押してみようと右の人差し指を伸ばしたところで、ドアがぶっきらぼうに開いた。

「あら」

ドアの隙間、くすんだ顔が見える。まるで、乾いた古いモッツァレッラチーズ。

……裕子さん？

ああ、そうだ、裕子さんだ。……でも、なんだか違う人みたい。……あ、そうか、ノーメイクだからだ。その髪もぼさぼさで。……私もなのよ、私もすっぴんで髪もこの通り。だって、着の身着のまま、ここまで来たから。早く来て！ というあなたの声に促されるように、急いでここまで来たものだから。

なのに、裕子さんは、睨みつけるように言った。

「こんなに早く、なにごと？」

「え？」

私はなにをどう答えていいのか分からず、「え？ え？ え？」と、えずくように疑問符を投げかける。

「まあ、とにかくお入りなさいな。そんなところを他の人に見られたら……」

と、裕子さんは、なにか恥ずかしいものを隠すように、私を玄関ホールに引きずり込んだ。

そのホールは、以前来たときと、少し雰囲気が違った。……何が違うんだろう？ と間違い探しをするように視線を巡らせていると、

「で、こんな早くから、いったいなにごと？」

と、素肌にシフォンドレスのようなガウンを羽織った裕子さんが、怒気を含んだ声で言った。

なんでって。……だって、裕子さんが今すぐ来いって電話してきたんじゃない。タクシーを飛ばして来いって、でなければ、私の人生終わる……って。

でも、それらは言葉にはならなかった。

「え？　え？　え？」

と、相変わらず、間の抜けた鶏のように首を伸ばして呻くのがやっとだった。

そんな私に、裕子さんはさらに言った。

「まったく。どういうこと？　まだ、七時にもなってないじゃない」

「おいおい、呼んだのは、君じゃないか」

リビングに続くドアが開き、男が顔を覗かせた。

金城賢作だった。

胸にちりちりとした電流が走る。と、同時に自身の惨めな姿を思い出し、気が遠くなる。

「ちょっと、どうしたのよ、ね、ヨーコ！」

＋

どうやら私は、軽い脳貧血を起こしたようだった。

気がつけば、ソファの上にいた。

「え？　え？　え？」

私は、またしても、そんな呻き声を上げていた。

「……ごめんなさいね、ほんと、ごめんなさい」

裕子さんの顔が、視界いっぱいに広がる。それは、初めて会ったときの美しい顔だった。シミも毛穴もない、ぷるぷる肌。まさに、新鮮(フレッシュ)なモッツァレッラチーズ。……が、どうやらそれは、なにかのマジックのようだった。だって、先ほど玄関先で見た裕子さんの顔は、シミもあれば毛穴も目立っていた。……いったい、どんな化粧品を使えば、こんなに美しく化けることができるんだろう？　きっとお高いんでしょうね。でも、私のパート代で買える範囲のものなら、ぜひ、試してみたいわ……。そんなことをぼんやりと考えていると、

「私ね、酔っ払っていたのよ」

裕子さんが、今からパーティですか？　というようなドレスを翻しながら、私の隣に座った。

「昨夜、ちょっと嫌なことがあってね。……それで、やけ酒」

「嫌なこと？」

「昨日のサロンに、ちょっと嫌な人が来ていて」

「嫌な人？」……もしかして、私の夫のことだろうか？　あの人がなにか粗相でも？

……ああ、そうだ、なにかやらかしたんだ、あの人。あの人は、ちょっとお調子者なところがある。空気を読まずに、ひとつも面白くないダジャレを延々と垂れ流すような。それに、目立ちたがり屋なところもある。人が喋っている途中で自分の話をちょいちょいかぶせてくる。これをやられると調子が狂う。……若い頃はそれらも魅力であったが、今となれば、イライラの温床だ。

「ごめんなさい！」

私は、ソファから身を起こすと、正座する勢いで背筋を伸ばした。

「え？　なんで、あなたが謝るの？」

「だって。〝嫌な人〟って、うちの主人のことですよね？」

「あら、いやだ、違うわよ」

裕子さんは、音もなくふわりとソファから立ち上がると、舞うようにキッチンに向かった。

……ああ。まさに理想的なアイランドキッチン。総大理石で、その上には無駄なものは一切置かれていない。……そうよ、これよ。これが私の理想のキッチンなのよ。

「あなたの旦那さんは、とても魅力的な方ね。昨日も、大人気だったのよ」

裕子さんが、キッチンの向こうから、そんなことを言う。

魅力的？　大人気？　……あの人が？

「旦那さん、若い頃は、お笑い芸人を目指していたんですって？」

そんなことまで、あの人。

「目指していたっていうか。学生時代に、芸能プロダクションの養成所を見学しただけですよ」

でも、そのレベルの高さに圧倒されて、尻尾を巻いて退散。そのあとは、普通に就職。

……そう、その程度のことだ。とてもとても〝目指していた〟とはいえない。

「芸人になっていたら、案外、今頃売れっ子になっていたかもね」

まさか。

「私、旦那さんの手相をみせてもらったのよ」

手相？

「そう。私、そっち、ちょっと勉強中で。で、あ、この人、なにか持っているな……と思った人には、必ず手相をみせてもらうことにしているの」

……なにか持っている？

「で、みてみたら、やっぱり、人気者の相が出ていたわ。〝太陽線〟といってね、薬指から下に延びる線。それが、くっきりと。……でもね、気になる相もあって。旦那さん、三十歳の頃に、なにか人生の分岐点があったんじゃないかしら？」

……三十歳の頃？　まさに、私と結婚した頃だ。

「仕事と成功を示す線がね、途切れていたの。それがだいたい三十歳の頃。で、線が分岐するんだけど。……旦那さん、三十歳の頃に違う道を選んでいたら、今頃とてつもない成功をつかんでいた可能性もあるのよ」

……つまり、私との結婚は失敗だったってこと？

「でも、それはたいしたことじゃない。だって、今の人生も幸せだっていう相だったから。だから、私が気になるのは、そこじゃなくて……」

裕子さんは、冷蔵庫から、まるで在庫整理とばかりにありとあらゆる野菜とフルーツを取り出すと、それらをミキサーの中に次々と入れていった。そして最後に、なんだかよく分からないどろりとした褐色のナニかをたっぷりと注ぎ入れると、スイッチを押した。

「中指の下から、不吉な線が延びていたの。いわゆる〝災害線〟といわれるもので……」

ここで、裕子さんは口を閉ざした。

ミキサーが、ごふごふごふ……とけたたましい音を立てながら、凄まじい勢いで中身を砕いていく。淡いオレンジ色、青色、緑色、黄色、そして褐色と、さまざまな色がめまぐるしく混ざり合う。が、裕子さんは口を閉ざしたきりだ。

「……災害って、なんですか？」たまらず、私のほうから聞いてみた。が、

「本当に、今日はごめんなさい」と、裕子さんはすかさず話題を変えた。

「私、酔っ払っていたのよ。……昨夜、ちょっと嫌なことがあってね。……それで、やけ

酒。……昨日のサロンに、ちょっと嫌な人が来ていて」

まだ酒が残っているのか、裕子さんは、先ほどと同じことを繰り返した。

「ほんと、あんな人、呼ばなきゃよかった」

裕子さんのぷるぷるの唇から舌打ちがこぼれる。と、同時に、ミキサーの動きも止まった。

その容器の中は、まさに泥のようだった。……いや、排水口にたまった汚れのようにも見える。

なのに、裕子さんは、

「ああ、美味しそう！」などとはしゃぎながら、三つのカップをカウンターに並べた。そして、それらに、ミキサーの中身を均等に注いでいく。さらに、「これは、おまけね」などと言いながら、ミキサーの底に残った最後のどろりを、右端のカップにすべて注ぎ入れた。

「ケンちゃん、来てよ、スムージー、できたから」

裕子さんがそう呼ぶと、どこからともなく、ランニングウェア姿の男がやってきた。

金城賢作だ。

私の胸に、再び、小さな電流が走る。と、同時に羞恥心も蘇り、私は、咄嗟に自身を隠すように身を丸めた。なのに、

「やあ、ヨーコさん、大丈夫でしたか？」

と、彼が近づいてくる。

「え？　え？　え？」

私の口からは、またもや発作のような妙な呻き声。

「ほんと、災難でしたね。……でも、許してやってください。裕子のやつ、酔っ払ってたもんだから――」

「え？　え？　え？」

なにかまともな言葉をひねり出そうとするのだが、動悸と息切れが邪魔をして、どうしてもこんな妙な声しか出ない。

……きっと、変な女だと思われているだろう。……どうしよう、どうしよう。……どうしていいか分からない。もう、こんなところからとっとと立ち去りたい。

なのに、金城賢作は、じりじりと距離を縮めてくる。

「あいつは、いつでもそうなんです。酔っ払うと、電話魔になってしまう。で、『今すぐ、来て、今すぐに！』って、誰彼となく呼びつけるんです」

誰彼となく……。

「他のやつらはね、もう分かっているんです。ああ、いつものヤツがはじまったって。だから、適当に無視するんですが。……なので、実はこちらが驚きました。まさか、本当にここまですっ飛んで来てくれるなんて」

だって、だって、あの電話は尋常ではなかった。あんな電話を聞いたら、正気ではいられなくなる。

「……あなたは、本当にいい人だなぁ」

金城賢作の体温が、さらに近づいてきた。シャワーでも浴びてきたのか、なにかとてもいい匂いがする。その匂いに包まれそうになったその瞬間、

「はい、裕子お手製のスムージーよ」

と、なにやら癖の強い臭いがぷーんと漂ってきた。

そこには、トレイを持つ裕子さん。トレイの上には、三つのカップ。

「お、サンキュー」と、金城賢作が、縁(ふち)のギリギリまで注がれたカップを手にしようとしたが、

「それは、ヨーコの」

と、裕子さんは彼の手をぺしっとはたき、それを私に差し出した。

……………。

「ヨーコには、迷惑かけちゃったんだもの。当然よ」

しかし、その臭いが強烈すぎて、なかなか手が出ない。

「見た目はちょっとアレだけど、とても美味しいのよ。それに、中身もすごいんだから。

ロイヤルゼリーと高麗人参も入っているの。それに、特製の酵素エキスもね」

「……酵素エキス？」

「今、流行っているでしょう？　酵素ドリンク。聞いたことない？」

「……ええ、まあ。聞いたことなら。美容とダイエットと健康にいいって——」

「裕子の酵素エキスは特別なんだよ」金城賢作が、トレイからカップをつかみ取る。「そんじょそこらの酵素ドリンクとは違う。特別なものが入っているんだ。だから、効果覿面だよ。味もいい」

そして、その得体の知れない、排水口にたまった汚れのようなものを一気に飲み干した。

「ああー、うまい！　本当に、うまい！」

金城賢作が、破顔しながら声を上げた。

「本当に、このドリンクは芸術だよ。これを売り出せば、間違いなく売れる。どうだい？　これを商品にしてみないか？　知り合いに、テレビショッピングのバイヤーがいる。やつを紹介するからさ。やつの手にかかれば、一時間で一億円は売り上げるぜ？」

一億円……！

これが、一億円？

私は、手にしたカップを見つめた。

この排水口の汚れのようなものが、……一億円？

私は、カップの縁に、そろそろと唇をつけてみた。

……が、それを味わう前に、嗅覚が拒絶反応を示す。

無理だ、こんなの、絶対、飲めない。

「……先週なんか、一時間で二億円売り上げたって言ってたぜ？　原価五百円もしない栄養ドリンクがさ、一万円だっていうんだよ。それが、二万個、あっという間に売れたっていうんだから、やつの手腕はただものじゃない。……あんなしょぼい栄養ドリンクが二億円だから、裕子のドリンクは三億円は間違いなくいくな」

三億円……！

でも、その強烈な臭いのせいで、私はそれをなかなか口に含むことができなかった。縁のギリギリまで注がれたそれが、今にもこぼれ落ちそうだ。そうならないように必死でカップを握りしめている私の隣で、金城賢作は途方もない数字を次々と羅列していく。

「いや、三億じゃきかないな、四億、……五億――」

と、そのとき、金城賢作が振り上げた手が、私の肩をかすめた。

「あ」

カップから、次々と排水口の汚れのようなそれが滴り落ちていく。それはやがて、私の服をじわじわと汚していった。それでなくてもみすぼらしい服が、なおいっそう惨めったらしく下卑（げび）ていく。

「あら、いやだ、ヨーコったら！」

私の思考は、ここでまた、停止してしまった。

カップを握りしめたまま、呆然と我が身の悲劇を眺めるのがやっとだった。

一方、裕子さんと金城賢作は、なにやらうきうきと、この状況を楽しんでいる。

「あら、大変。服がこんなに汚れて」

「さすがにこのままじゃ、外に出られないだろう」

「そうね……。じゃ、服、私の服を貸してあげるわ」

「そうだな、それがいい」

「……でもサイズが合うかしら」

「あれがいいんじゃないか？　ほら、先月、表参道（おもてさんどう）で買ったワンピース」

「ああ、あれ。……そうね。あれだったらゆったりめのデザインだし、ぴったりかも」

そんなこんなで、気がつけば、私はワンピースに着替えさせられていた。チュニック風ワンピースで、私が着るとまるで妊婦のようだ。なのに、

「まあ、とっても似合う。まるで、ヨーコのために誂（あつら）えた服みたい」などと、裕子さんが見え見えのお世辞を並べ立てる。

「本当だな、とっても似合うよ」

……金城賢作まで、そんなことを言う。

「せっかくだから、髪もちょっと整えましょうよ。それと、メイクも」

「おお、それがいいね。裕子のメイクの腕はプロ並みだからな」

それから三十分後。

姿見に映し出された私は、……悪くない。さっきまでは妊婦のようだと思ったが、髪をアップにし、メイクもちゃんとしたせいか、これからパーティがあったとしても堂々と出かけることができる。

「ほー、これはこれは」金城賢作が、目を細めた。

誇らしさと恥ずかしさで、顔が熱くなる。

「ほら、言った通りでしょう?」裕子さんが、私の肩を抱き寄せた。

「私たち、まるで双子のようじゃない?」

双子だなんて、そんな。私と裕子さんとでは、月とスッポン。……でも、遠くから見たら、あるいは双子に見えるかもしれない。……そうか、私たち、身長が同じなんだ。そして、その骨格もどことなく似通っている。もちろん、私の体は脂肪がついてしまっているけれど、この脂肪を削ぎ落とせば、もしかしたら裕子さんと同じような体型になるのかもしれない。

「せっかくだから、これもどうぞ」

裕子さんが、オレンジ色のトートバッグを私に握らせた。

うそ。これ、もしかしてエルメス？　そうだ、エルメスだ。いつか、新宿の百貨店で見たことがある。布製なのに二十万円以上するんだ……と、ついため息をついてしまった。

「でも、古いやつなの。買ったの、十年以上昔だから。だから、ちょっと傷んでいるのよ。……もしよかったら、これ、差し上げるわ」

「駄目よ、そんな」

「いいのよ。……というか、お願い。どうか、もらってくれない？　このバッグにはあまりいい思い出がないの。だから、処分しようとしていたところなのよ」

「でも」

「人助けだと思って」

「でも」

「だったら、あなたのバッグと交換しましょうよ」

「え？　……私のバッグと？」

私は、ソファの下に投げ出された、ビニール製のトートバッグを見やった。

七百円の雑誌の付録だ。どう考えても、エルメスのバッグと交換するだけの価値はない。

「そんなこと、ないわよ。あれ、結構レアものなのよ。ネットのオークションなんかじゃ、十万円の値段がついているんだから」

「十万円！」

「……ああ、ごめんなさいね。私がバカだった。そんなレアなものと、こんなお古じゃ、釣り合いがとれないわね」

と、裕子さんが、私の手からエルメスのバッグを取り戻そうとした瞬間、無意識に私の手にも力が入った。

「あ、なら、交換してもいいです」

「本当？」

「はい」

私は、これは私のもの……とばかりに、エルメスのトートバッグの取っ手を握りしめた。

そして、「こんな高価なもの、本当にありがとうございます」と、さらに、バッグを抱きしめた。

「こちらこそ、ありがたいわ。これで、嫌な思い出ともさよならよ」

「そんなに嫌な思い出が――」

「おい、もうそろそろ、ヨーコさんを解放してあげないと」

ダウンコートを着込んだ金城賢作が、車のキーをくるくる回しながら近づいてきた。

「ああ、そうね。もう、こんな時間だもの」

時間？……ああ、そうだ、時間！

私は、まるでシンデレラのように、今更ながらに時計を見た。

「……八時十五分！」

いけない、夫と息子の朝ごはん、作ってない！　……というか、なんの伝言も書き置きもなしに飛び出してきた。

今頃、騒ぎになっているかも……。

「大丈夫よ。ヨーコが気を失っているときに、ちゃんと、お宅には電話をしておいたから」茶封筒を差し出しながら、裕子さん。

「あと、これ。ここまでのタクシー代。五万円で足りるかしら？」

五万円？　そんなそんな。確か、タクシー代は二万と……。あ、そうだ、領収書。領収書をもらってある。

あ、財布は、あの中だ。あのビニール製のトートバッグ。

「さあ、ヨーコさん。もうそろそろ行かないと」

金城賢作が、車のキーをさらに回転をつけてくるくると回した。

「そうよ、ヨーコ。お仕事もあるんでしょう？」

その通りだ。十時には、タイムカードを押さなくてはならない。……今からだと、ギリギリだ。急がなくちゃ。

「さあ、行きますよ、ヨーコさん」

金城賢作が、私の背中をぽんぽんと叩いた。

「え？」

「だから、車で職場まで送りますから」

「え、でも」

「それは、駄目よ」裕子さんが、私の代わりに、口を挟んだ。「職場まで送ってしまったら、職場の人たちに変に思われるわ。そうでしょう？ ヨーコ」

確かに、そうだ。いつもは自転車かバスで通勤しているのに、車で行ったら。……しかも、男の人と。

「だから、どこか近くのバス停で降ろしてやってよ」

「うん、分かった。……さあ、行きますよ、ヨーコさん」

金城賢作が、私の肩を抱きながら、優しくリードする。

私は、そのリードに任せて、玄関ホールに向かった。

それを追いかけるように、裕子さんがダウンコートを持ってきた。

……袖についたそのロゴ。モンクレールだ。

「このコート、よかったら着ていって」

「でも」

「あ、靴も。靴も、私のを履いていって。ジミーチュウはお好きかしら？」

もちろん、嫌いなはずがない。

「サイズは、二十三よね？」

「……はい」

「じゃ、同じ。たぶん、ぴったりよ」

裕子さんが言う通り、ぴったりだった。そして、このワンピースによく似合う。

「じゃ、ケンちゃん、あとはよろしくね」

15

その五時間後、私は見慣れた風景の中にいた。

自宅マンションの最寄駅だ。

時計を見ると、午後の一時を大きく回っている。

……つまり、パートには行けなかった。

「ちょっと、子供が熱を出しまして」

そんな適当な嘘をでっち上げて職場に電話を入れたのが、午前十一時過ぎ。

……欠勤するのは、これが初めてだった。ちくりとした罪悪感は覚えたが、それ以上の興奮の中に、私はいた。

いったい、なにがどうしてそんなことになったのか。

今となっては、よく思い出せない。

ただ、「高井戸（たかいど）」という文字はぼんやりと覚えている。

……そう、あと少しで中央自動車道という頃になって、私は激しい腹痛を覚えた。それは、とても我慢ができるものではなかった。どんなに抗っても腸は無闇に蠕動（ぜんどう）運動を繰り返し、それを肛門へと送り込む。

……だめ、だめ、だめ、こんなところでは、絶対、だめ！

身をかがめてうずくまる私に、

「どうしました？」

と、運転席の金城賢作が声をかけてきた。

が、それに答える余裕すらなかった。私は、ただ、「ふはっ、はうっ、うふっ、ぎょふっ、おふっ……」と、奇妙な呻き声を上げ続けるしかなかった。

「気分が悪いんですか？　もしかして、トイレ？」

私は、やっとの思いで、軽く頷く。

「分かりました。次のインターチェンジで下りますから、それまで我慢できますか？」

頷いてみたものの、腸の中身は、とんでもない圧力でもって外に出ようとしている。

だめ、だめ、だめ、……絶対だめ！

下半身に力を入れたそのとき、意思とは裏腹に、力が抜けた。そして、途方もない解放感。……と同時に、凄まじい悪臭。

それはある種の恍惚感も伴っていたが、いうまでもなく、絶望とショックのほうが大きかった。

私、脱糞してしまった。

そう認識して間もなく、意識が遠のいていった。かすんだ視界の端に、「高井戸」とい
う文字が見えた。

まだ、高井戸なんだ。こんなところで下りたら、パート、完全に遅刻ね。

そんなことを、薄れゆく意識を追いかけながら思ったことを覚えている。

そのとき、短い夢を見ていたように思う。とるに足らない、シーンの羅列。

息子の泣き顔が浮かんできた。

「……おねしょ、しちゃった」そう言って、泣きじゃくる。

「大丈夫、大丈夫、今、洗ってあげるから」

抱きかかえる手。

服を脱がす手。

シャワーの栓をひねる手。

「さあ、洗ってあげるから、脚、開いて」

肌にあたる、細かい水しぶき。

……ああ、温かい。……ああ、気持ちがいい。

え？

私は、ここでようやく覚醒した。

が、すぐに認識できなかった。……ここはどこ？

ピンク色のタイル、そして同じくピンク色の浴槽。……浴室？

もう一度目を閉じて、勢いをつけて開けてみる。

「ほら、脚、開いて」

そう囁くのは、金城賢作。

……私、まだ、夢を見ているの？

……そうだ、夢だ。

……だって、こんなに気持ちがいい。こんな気分、もう何年も味わっていない。

心が焼けつくような、その熱で体中がどろりととろけるような、そして体の中からじゅわっ……と肉汁がほとばしるような、そんな快感。

「ほら、もっと、開いて」

肉汁が、さらに溢れ出す。……ああ、どうしよう、止まらない、ああ、どうしよう、どんどん出ちゃう。……ああ、そんなに見ないで。

「さあ、もっと、もっと開いて」
私は、その煮え滾る肉汁をどうにかしてほしくて、その言葉に従った。
曇った鏡に映る歪んだ私の顔、金城賢作の裸体、その裸体に絡みつく私の脚。
……ああ、私、セックスしている。
信じられない、セックスしている。
会ったばかりの男と。
よく知らない男と。
ダメよ、これはいけないことよ、やめなくちゃ。
……そう思いながらも、私の脚は、彼の臀部をがっしりとつかんで放さない。
もっともっと……と、唇からいやらしい言葉が次々と飛び出してくる。
ああっ、ああっ、ああっ……。

そして、次に目覚めたときは、ベッドの中だった。
もう、私は分かっていた。
ここは、ホテルだ。しかも、〝ラブホテル〟と呼ばれる類いの。
……なんで、こんなことになってしまったんだろう？

私は、今までのことを整理してみた。

午前四時過ぎに裕子さんから電話があり、大変なことになったから今すぐ来いと呼び出され、そして着の身着のまま私はタクシーを飛ばして六本木までやってきた。……なのに、裕子さんはケロッとした顔で「酔っ払っていたのよ」と言い放つ。それから異臭凄まじいスムージーを飲まされそうになって、それを服にこぼして、裕子さんのワンピースを借りて、髪を整えてもらって、メイクもしてもらって、エルメスのトートバッグをもらって、コートと靴まで用意してもらって、金城賢作の車に乗り込んで、それから——。

いずれにしても、私は今、真っ裸で、ラブホテルのベッドに横たわっている。

まさか、こんなことが、私の身に起こるなんて。

不倫。……そう、これはまさしく不倫だ。

……あれ？　金城賢作は？

見渡すも、気配がない。

「金城さん？」言葉にしてみるが、それは小さな呻き声にしかならない。

もう一度呼んでみようと唇に意識を集中させたとき、どこからか着信音が聞こえてきた。

スマートフォン？　……ううん、私のじゃない。だって、私、スマートフォンを家に忘れた。

じゃ、誰の？

……と、身を起こそうとしたとき、

『……大丈夫だ。計画通りだ』

という声が、ドアの向こう側から聞こえてきた。金城賢作の声だ。

計画通り？　……どういうこと？

もう一度、身を起こそうと体をねじったところで、ドアが開いた。

私は、咄嗟に、掛け布団に潜り込む。

「ヨーコさん、起きてますか？」

私は、今起きたという風に、むくりと布団を捲った。

「着替え、買ってきましたから。とりあえず、これを着てください」

金城賢作が、紙袋をサイドテーブルに置いた。

「一通り、入っています。下着から上着まで。それと、靴も。急いで買ったから、お気に召すかどうかは分かりませんが。……でも、今日のところはこれで我慢してください」

「……裕子さんから借りたワンピースは……それに、ダウンコート……」

「あれは、もうダメでしょう。処分しました」

私は、ようやく言葉をひねり出した。

「……処分？」

でも、あのワンピースもあのコートも、結構なお値段なのよ。コートにいたっては、たぶん三十万以上するやつだと思う。

「でも、仕方ないよ。ああなったら、クリーニングも難しい。とにかく、これに着替えて。……それと、このあとは、電車で帰ってもらえるだろうか？　今、車、乗れる状態じゃないし」

私は、自分がしでかした惨状を思い出して、恥ずかしさで顔を覆った。

いや、それ以上に恥ずかしいのは、そのあと金城賢作に体を洗ってもらい、そして……。

が、金城賢作の服には一切の乱れはなかった。着替えた痕跡すら。髪だって。

もしかして、あれは夢だったのだろうか？

でも、あんな生々しい夢。

「じゃ、僕は、もう行きますから。また、連絡します」

そして、私はひとり、部屋に取り残された。

サイドテーブルには紙袋。そして茶封筒。……裕子さんがくれたやつだ。

表参道で買ったというワンピースも、モンクレールのコートも、ジミーチュウの靴も、そしてエルメスのトートバッグも見当たらない。

きっと、全部処分してしまったのだろう。……私があんなことをしたから。

私の頬に、涙が流れ落ちた。この涙はなに？　脱糞してしまったから？

もちろん、それもある。でも、一番の理由は……。

「金城さん、私たち、セックスしたわよね？」

それを確認できなかったことだ。

涙は止まらなかった。それから五分は泣いていたと思う。

体中の水分を涙で出し切ったあと、私は重大なことに気がついた。

「あ、パート」

ホテルに備えつけてあるデジタル時計は、十一時になろうとしている。

私は、とりあえず、受話器を手にした。

16

「君の言う通り、彼女とセ、ッ、ク、ス、してきたよ」

金城賢作の報告に、喜多見裕子は「そう」と短く答えた。

「これで、罰ゲ、ー、ム、は無事終了だな」

……そう、これは、一種のお遊びだった。

「ね、ちょっと賭けをしてみない？」

裕子がそんなことを言い出した。

「前に真由美が連れてきた、ヨーコ。彼女を今すぐ呼び出すのよ」

「でも、こんな時間だぜ？　電車は動いてないよ。彼女、確か、住まいは八王子……」

「だから、賭けよ。彼女がタクシーを飛ばしてここまで来たら、私の勝ち。あなたは罰ゲームとして、彼女と寝るのよ」

「なんだよ、それ。前は真由美で、今度は彼女？」

「だって、生意気なんだもん、あの女。せっかく私が招待してあげたのにそれを断るなんて。ほんと、何様って感じ。ただの主婦のくせして。私、アッタマ来ているのよ」

「でも、その代わりに旦那が来たじゃない」

「それがまた、アッタマ来るのよ。あの旦那ときたら――」

「まあ、確かに、あんまり品はよくなかったな。片っ端から名刺を配って。女性と見れば粉をかけて」

「それに、〝ヨーコ〟って名前がなんかむかつくのよ」

「君は、〝ヨーコ〟という名前になんか恨みでもあるの？」

「別に。……ああ、もう、とにかくむしゃくしゃするのよ、ああいう女を見ていると。絵に描いたような〝主婦〟を見ていると。社会に、制度に、夫に守られている〝主婦〟を見ていると、その地位から引きずり下ろしてやりたくなるの」

「また、悪い癖がはじまったな」

「あら、あなただって、彼女のような素朴な素人は、嫌いじゃないでしょ？」

「まあね。ああいう奥手の女を見ていると、俺の手で開花させてやりたくなる」

「だったら、開花させちゃいなさいよ。あなたのプロデュースで、とことん、いい夢を見させてやりなさいよ〝有名人〟という夢を」

「君は、それでいいの？」

「いいわよ。どんどん高みに上らせてやって。で、頂点にたどり着いたときに、引きずり下ろすから」

裕子が、高笑いしながら、二本目のワインを空ける。

「ほんと、むかつく。このむしゃくしゃを、どうにかしてはらしたいのよ」

裕子のむしゃくしゃは、前日行われた〝サロン〟に招かれた客のひとりが原因だった。売れっ子小説家の日向真咲。

ぱっと見は地味で小柄な女性だったが、あっという間にサロンの注目を独り占めしてしまった。特にヨーコの旦那が顕著で、彼女の知性と感性にあからさまに心酔していた。一方、裕子の機嫌は分刻みで悪くなっていった。

八つ当たりされる前に、裕子の機嫌をとらないと……と、彼女の胸元に手を差し込んだときだった。

「ね、賭けをしない？」

むしゃくしゃ解消のターゲットに選ばれた〝ヨーコ〟にしてみれば、とんだとばっちりだ。

が、そのお遊びも悪くない。絵に描いたような〝平均的〟な主婦を、泥沼に突き落とす。間違いなく、面白いお遊びになるだろう。

「分かった。その賭けに乗るよ」

金城賢作は、言った。

「あの女は、きっとここに来るさ。俺、分かるんだ。ああいう女は、〝非日常〟に餓えているからね。ちょっと背中を押せば、自ら飛び込むんだよ。熱湯風呂に飛び込む芸人のようにね」

「でも、〝ヨーコ〟がここに来たら、あなたの負けよ？　あなた、あの女とセックスしなくちゃいけないのよ？」

「それもまた、面白いじゃない」

「レイプはダメよ。あとあと面倒なことになる」

「大丈夫。ああいう女は、簡単に脚を開くさ。……真由美のようにね」

「真由美とは、まだ、続いているの？」

「そろそろ潮時かな……とは思っている」

「いい金蔓（かねづる）だって言っていたじゃない」

「もう、あの女から金を引き出すのは危険だ。こちらに泥が飛んでくる前に切らないと」

「あなたって、ほんと、悪い男」

「君ほどじゃないけどね」

そして、金城賢作は、裕子のスマートフォンを裕子の膝に置いた。

「……さあ、ゲームのはじまりだ。早く電話しろよ」

CHAPTER4.

A面

……ここはどこ？

ピンク色のタイル、そして同じくピンク色の浴槽。……浴室？

もう一度目を閉じて、勢いをつけて開けてみる。

「ほら、脚、開いて」

……私、まだ、夢を見ているの？

そう囁くのは、知らない男。

……そうだ、夢だ。

……だって、こんなに気持ちがいい。こんな気分、味わったことがない。

心が焼けつくような、その熱で体中がどろりととろけるような、そして体の中からじゅわっ……と肉汁がほとばしるような、そんな快感。

「ほら、もっと、開いて」

肉汁が、さらに溢れ出す。……ああ、どうしよう、止まらない、ああ、どうしよう、どんどん出ちゃう。……ああ、そんなに見ないで。

「さあ、もっと、もっと開いて」

私は、その煮え滾る肉汁をどうにかしてほしくて、その言葉に従った。

私は、それからまた、短い夢を見た。

曇った鏡に映る歪んだ私の顔、男の裸体、その裸体に絡みつく私の脚。

……ああ、私、セックスしている。

信じられない、セックスしている。

知らない男と。

知らない男たちと。

ダメよ、これはいけないことよ、やめなくちゃ。

……そう思いながらも、私の脚は、男の臀部をがっしりとつかんで放さない。

もっともっと……と、唇からいやらしい言葉が次々と飛び出してくる。

ああっ、ああっ、ああっ……。

17

「何？　……夢？」

私は、軽く、頭を振った。

えっと。……ここはどこだっけ？

瞼を開けると、

「……陽子、……陽子、聞いてる？」

名前を呼ばれて、私は、はっと視線を巡らせた。

観葉植物を背景に、見慣れた顔が覗き込んでいる。純子だ。大井純子。

ああ、そうだった。ここは南青山（みなみあおやま）のカフェ。純子に呼び出されて、ここに来たのは十分ほど前。

「陽子、疲れてる？　大丈夫？」

「うん、大丈夫」

言ってはみたが、本音ではない。私は、ふと、腕時計の日付表示を確認した。……十二月二日。十二月も、もう二日なんだ。なんだか、早いんだか、遅いんだか。……そして、カップを引き寄せると、言った。

「実は、昨日、久美子が――」

「もしかして、裕子の件で？」純子が、意地悪く唇を歪める。

「え？」私の指が、ぴくりと反応する。

「久美子、裕子のことで陽子のところに連絡してきたんでしょう？」

やっぱり、純子はお見通しだったか。分かっていたんだ。この子に嘘や言い訳は通用しないって。……昔からそうだった。

「……うん」私は、素直に頷いた。

純子は、「ふん」と鼻を鳴らすと、背もたれに体を預けた。

「噂で聞いたことがあるよ。久美子、たちの悪いフリー記者にハマっているって。どうせ、その男にスクープとらせたいから、私には情報流さないで……とか、言われたんでしょう？」

「………」

「まったく、久美子らしい。あの子は、昔からそうだよね。好きな男ができると、周りが見えなくなる。しかも、好きになる男が揃いも揃って、ダメ男。それか、既婚者。まともなやつがひとりもいない」

「……そうだね」

「たぶん、久美子自身がそういう男ばかり求めているんだよ。ダメな男をうまく操縦している自分に酔っているところがある。まともな恋愛をしようって気はさらさらないんだ。違う？」

　まるで自分が責められているような気がして、私は身を守るかのようにカップを両手で包み込んだ。

「それで、そのフリー記者ってどんな男だったの？」純子が、検察官さながらの圧で、訊いてくる。

「……結局、会えなかったんだ」

「そうなの？」純子が、疑いの眼差しでじっとこちらを見ている。

「嘘じゃないって！」私は、声を荒らげた。「私、寝坊しちゃって。約束の時間に遅れてしまって——」

　そのあと、久美子が男を連れて自宅を訪れたが、そのことについては、特に触れなかった。なぜ、家に上げなかったのか？　と訊かれた場合、返答に困る。

「じゃ、陽子が持っている情報は、その男にはまだ喋ってないのね」

「情報って。何度も言うけど、私、裕子とはそれほど仲良くなかったから、あんまり知らないのよ」

　私は、カフェラテをようやく一口含んだ。

　でも、すっかり冷えている。それは、目の前の、純子のせいだ。

純子に呼ばれて、このカフェに来たはいいが。出会うなり、なにやら一方的にこちらを責め立てるばかりで、せっかくのカフェラテを飲む隙すら与えられなかった。

「なぜ、昨日は嘘をついたの？」「なぜ、久美子を優先したの？」「なぜ、なぜ、なぜ？」

それは、あなたのことが苦手だから。

……という言葉が舌の上で生まれるたんびに、喉の奥に押し戻している。

これじゃ、まるで、中学校の頃のまんまだ。

中学校の頃も、私は毎日のように、純子に責められていた。

「なぜ、そんな言い訳するの？」「なんで、約束を破ったの？」「なんで？　なんで？　なんで？」

そして、今も、「本当は、裕子と仲よかったんじゃないの？」と責め続ける。「違う」と何度言っても、「なんで？」と納得してくれない。……なんで？　なんで？　なんで？

「だって！」

思わず、言葉が口から飛び出してしまい、私は慌ててカップで唇を塞いだ。

「だって？」

純子が、獲物を見つけた梟（ふくろう）のような目でこちらを覗き込む。

「だって。……裕子、私のこと、無視していたから」

口から出まかせで言ってみたが、あながち嘘ではない。

中学校時代だってほとんど喋ったことがない。高校時代だって。大学時代に至っては、見かけたことすらほとんどなかったのだ。

「なるほどね」

純子が、どういうわけか柔らかく笑った。その表情には、どこか同情めいた色も浮かんでいる。

「陽子にとっては、裕子はそれだけの存在だったわけか。一方、裕子にとっては——」

純子の唇が、またしても意地悪く歪む。

「裕子、あなたのこと妬んでいた節があるから。……というか、ライバル視していた」

「え？」唐突なその言葉に、私は、つい、カップを落としそうになる。「妬んでいた？ライバル視？　まさか、それはないよ」

美人でミステリアスで、大人たちに一目置かれていたあの子が私を妬んでいた？　クラスで一番地味で目立たない私を？　まさか！

「地味？　目立たない？　……それ、厭味？」

純子の視線が、再び、梟のそれになる。

「万年トップの秀才が、〝地味〟？　〝目立たない〟？　まったく、なに言ってんだか」

そして、純子も、アイスコーヒーをストローでかき混ぜると、それをようやくちゅるちゅると飲み込む。

「うちの中学、テストのたんびに、順位を貼り出してたじゃん？　トップ50まで」

「うん」

「あの紙がさ、貼り出されるたびに、裕子、すっごい顔になるんだよ。まさに、鬼の形相」

「なんで？」

「はぁ」

純子が、やれやれというようにため息をつく。

「あんた、ほんと、鈍感。そんなだから、知らず知らずのうちに敵を作っちゃうんだよ。テストの成績順が貼り出されたら、誰しも、期待と不安の交じり合った形相になるもんでしょ？　陽子は違った？」

「……私は、特に……気にしなかったけど」

「万年トップは、言うことが違うね、さすがだよ」

純子が、立て続けにため息をつく。

「まあ、私も気にしなかったけどね。あなたとはまた違った意味で。……諦めていたっていうか。どのみち、トップ50に自分の名前があるわけなかったから」

「……そうなんだ」

「でも、裕子は違った。裕子のあの綺麗な顔がさ、みるみるうちに鬼になっていくんだよ。なぜだか、分かる？」

「……どうして？」

「1番には必ず、陽子の名前があるからだよ」

「え？」

「裕子、そのたんびに、『なんであの子が1番？』って、あからさまに愚痴ってたもん。……毎回思ったよ。裕子の名前が2番目とか3番目にあるんなら『ああ、悔しいんだな……』って理解できるんだけど、そうじゃない。裕子はもっともっと下の、45番目とか49番目とか。ギリ、トップ50なのに、なんで、陽子に対してあんなに悔しそうにするんだろう……って。私なんて、そのトップ50にも入ってなかったから、悔しいなんて気にもならなかったけどさ。だって、勝負にならないもん」

「…………」

「陽子も陽子でさ。1番であることが当たり前のように、特に喜ぶこともないし、そもそも、貼り出された紙を見に来ることもなかった。そういうところも、裕子の癇に障っていたみたい」

「だって――」

まるで見せ物みたいで、恥ずかしかったからだ。むしろ、トップ50に入らない子たちが羨ましかった。

「ああ、あなたって、これだから――」

言いかけて、純子は、アイスコーヒーをストローで乱暴にかき回す。

「陽子のそういうところが悪いんだよ」

え？　私が悪いの？　なんで？

「まあ、陽子のことは今回は置いておいて。問題は裕子だよ」純子はさらに、アイスコーヒーをかき混ぜた。「裕子ってさ、勝負にならないような相手を一方的にライバル視するようなところがあったんだよね。アイドルとかさ、若い女優とかさ、そういう相手に対してもライバル視してた。私のほうがずっと綺麗なのに、なんであんな子にスポットライトがあたっているの？　……って」

「……そうだったの？　裕子って、そういうの、全然気にしないタイプだと思っていたけど」

「それは、ポーズ。私と裕子、小学校の頃から一緒だったからさ。私には本音を漏らすことが多かったんだけど。あの子の負けず嫌いは、筋金入りだよ。……というか、病気。……小学校の頃なんか、それで問題にもなった」

「……問題？」

「クラスで、なんかのコンクールで賞を獲った子がいたんだけどね。裕子ったら、その賞状を盗んで、トイレに――」

え？　それって、私もされた。読書感想文コンクールの賞状をトイレに捨てられた。それって、裕子だったの？

が、それを訊く前に、純子は唇を結んだ。忙しく動かし続けたせいか、その唇の筋から、微かに血が滲んでいる。それを拭うとでもいうのか、純子は、ストローを咥え込んだ。グラスの中の氷が、寒々しく、カランコロンと鳴る。

「なんか、私もいよいよ更年期なのかな。昨日ぐらいから、突然、火照っちゃって仕方ないの」

純子は、言いながら、その額の汗を紙ナプキンで押さえつけた。

「まったく、最近は、性欲までなくなってきちゃってさ。このまま枯れていくのかな？」

純子は、特に声の調子を抑えることなく、言った。

右隣の席の若い女性が、ちらりとこちらを見たような気がした。

私は、姿勢を正すと軽く咳払いを試みる。が、純子は気にもせずに、続けた。

「昨日もさ、パートナーに求められたんだけど。全然、ダメだった。なんていうの？　痛いのよ、その行為自体が。更年期に入ると膣が萎縮しちゃうんだって。それが原因みたいよ。なんでも、四十代前半の女性の半数に〝性交痛〟が見られるんだって」

「へー、……そうなんだ」私は小声で応えたが、純子は、むしろ、声を上げた。

「陽子はどう？　あっちの調子は？」

突然そんなことを訊かれ、私はどぎまぎと、ウェットティッシュを握りしめた。

「あ、あっち？」

なぜか、ケンちゃんの顔が頭に大写しになり、顔まで赤くなる。

「やだ、陽子も、火照り？　お互い、歳をとるって、いやーねー」

右隣の席の女性が、今度ははっきりと、こちらを見た。その視線は嫌悪に塗れている。

私は、小声で、

「ね、ここ、出ない？」と言ってみるも、純子には伝わらない。

「女の体って、シビアにできているもんよね。出産適齢期が過ぎたら、もう女そのものを卒業しろってことでしょう？　その点、男なんて、死ぬまで現役なんだもん。この差ってなんだろう？」

「…………」

「でも、ある意味、卒業という区切りがあるのはいいことかもね。男なんてさ、よぼよぼのおじいちゃんになっても、性欲だけはあるんだから。それはそれで、惨めなものよ。うちの親戚に、寝たきりの年寄りがいるんだけどさ。九十近いっていうのに、未だに、性欲だけはあるみたいで。ヘルパーさんにオムツを替えてもらうたびに、勃起しちゃうんだって。で、セクハラで訴えられそうになってね。……惨めな話よ」

今度は、左隣の男性の視線が矢のように飛んできた。が、純子は気がつかない。

「その点、女はさ、〝閉経〟という区切りがあるおかげで、性欲からも解放される。これはいいことなのかもしれないよね。だって、もうメスとしての役割は終わった、あとはひとりの人間として生きろ……ということじゃない？　それって、案外、幸せなことなのかも」

右隣の女性も、再び嫌悪の視線を投げかける。左隣の男性も、またもや鋭い視線の矢を飛ばす。いたたまれず、私はハリネズミのように小さく小さく体を丸める。なのに純子の話は止まらない。

「私なんかさ、ご覧の通りサバサバしているほうだから、更年期も閉経も潔く受け入れることができるけど、中にはさ、〝女〟にしがみつく女性も多いわけじゃん？　その代表例が、裕子のような女ってわけ」

ようやく、裕子の話に戻ったようだ。私は、ガチガチに丸めた体を、少しだけ伸ばした。純子も喋り疲れたのか、ここでようやく、チーズケーキに手を伸ばした。

真似するわけではないが、私もチョコレートケーキが載った皿を引き寄せると、フォークでそれをえぐった。

……しばらくの静寂。

が、チーズケーキを半分ほど食べると、純子のお喋りが再起動した。

「……でね。私が調べたところ、裕子、十回は、整形を繰り返している」

見ると、右隣の女性も、左隣の男性ももういない。

私は、身を乗り出した。

「十回も？」

「ちょっと調べただけでこれなんだから、もしかしたら、もっとしているかも」

「……そうなんだ」

「裕子が整形をはじめたのは、二十八歳。……その頃の裕子、どんなだった？」

「だから、何遍も言うけど、当時、裕子とはほとんど交流がなくて」

「本当に？」

「本当だってば」

「でも、裕子の友人に話を訊いたら、裕子、あなたのことをすごく意識していたって」

「え？」

「陽子、当時、付き合っていた人、いたでしょう？」

訊かれて、私は手にしていたフォークを意味もなく、握り直した。

……いた。でも、彼のことは思い出したくもない。

「……ああ、ごめん。イヤなことを思い出させちゃったね」

純子も、また、フォークを意味もなく、弄ぶ。

「でもね。陽子にとっては辛いことだけど。ちゃんと向き合ったほうがいいと思うんだ」

「え？」

「陽子のデビュー作、読んだ。あれ、実体験を元にしているんでしょう？」

訊かれて、私は小さく頷いた。

「信じていた彼に、結婚まで考えていた彼に裏切られ――」

「その話は、もういいよ」

「よくない。向き合わなくちゃ」

向き合っている。だから、小説にもしてみた。当時、かかっていた心療内科の先生のアドバイスがあったからだ。

『荒療治だけど、イヤな記憶をすべて文字にしてみなさい』

そして出来上がったのが、デビュー作だ。はじめは、発表する気などなかったが、心療内科の先生はさらにこう言った。

『発表してみたら？』

さすがにそれは……と怯んだが、先生の言う通りイヤな記憶を創作世界の出来事に変換したことで、心がほぐされたのは事実だった。だから、そのときも先生の言葉に従い、ケータイ小説として発表してみた。

結果、私の心は完全に解放された。〝開き直り〟と言ってもいい。記憶に蓋をするのではなく、昇華させることで私の心は救われたのだ。……もちろん、副作用もあったが。私は、ウェットティッシュを一枚引き抜くと、それで一本一本、指を拭いはじめた。

「陽子、よく聞いてね」

純子が、柄にもなく、神妙な面持ちでこちらを見た。

「陽子が当時付き合っていた彼氏に横恋慕していたのが、裕子なのよ」

「え？」

フォークを握っていた手の力が、不意に抜ける。チョコレート塗れのフォークの先が落ち、白いテーブルクロスを汚す。

「横恋慕しただけではなくて、彼を寝取ったんだって」

「え？」

フォークを拾おうとするが、力が入らない。それればかりか、震えまでやってきた。

「陽子、気がつかなかった？　彼の変化に」

「変化？」

言われて、目の前に、あの男の顔が浮かんできた。

……この売女（ビッチ）め。

そう言いながら私に唾を吐き捨てた、あの男の顔が。

私は、フォークもそのままに、両手で軽く頭を押さえた。頭痛がやってきた。……痛い、痛い。このままでは、体ごと、テーブルに突っ伏してしまいそうだ。

「裕子ね、彼にあることないこと吹き込んでいたらしいよ。陽子が他の男と寝ているとか、……ＡＶに出ているとか」

　ＡＶ？　なにそれ？

　私は、やおら、頭を上げた。

「嘘でしょう！」

「間違いない。だって、これ、真由美に聞いたから」

「真由美に？」

　なんで、ここで真由美が出てくるの？

　頭の中にいろんな情報が飛び交い、もう整理し切れない。私は、再び頭を押さえ込んだ。

　なのに、純子は容赦なく続けた。

「真由美と裕子はね、小学校の頃から腐れ縁なのよ。ときにはじゃれ合ってみたり、ときには喧嘩してみたり、でも、ずっとずっと離れずにずるずると親友ごっこをしている。というか、女王様と下僕ごっこを楽しんでいる。……その真由美に聞いたから、間違いない」

「…………」もう、頷くことすらできない。

「その真由美が言うには、……陽子があんな目にあったのは、裕子の差し金なんだって」

　裕子の差し金？

「陽子がレイプごっこを望んでいるみたい……とかなんとか言って、男たちをけしかけたんだって。で、陽子はあんな目に――」

「…………！」

私の頭はいよいよ混乱の極みに達した。

もはや、言葉にならなかった。

死ぬ思いであの事件を昇華させたのに。……あのときの悔しさと悲しさと惨めさと、そして恥辱と絶望と恐怖と、なにより怒りがまざまざと蘇ってくる。

裕子が、裏で糸を引いていた？

なんで、裕子が？　なんで、そこまでするの？

裕子が、あの卑劣な男たちをけしかけていた？

「だから、何度も言わせないで。……陽子が羨ましくて仕方なかったのよ」

「羨ましい？　私のどこが？」

堰き止めても、堰き止めても、涙が溢れ出る。

「だって、私なんかただのサラリーマンの娘だし、容姿だって十人並み……ううん、百人並みの中肉中背の凡人だし。一方、裕子んちはお金持ちだし、美人だし、スタイルもいいし――」

「だからよ。お金を持っていて美人でスタイルもいい自分が、なんで、百人並みの中肉中背の凡人の、サラリーマンの娘に負けるの？　……っていう、歪んだ妬みよ」

「意味が分からない」

本当に、意味が分からない。混乱でフリーズしそうな頭をどうにか持ちこたえさせようと、私はフォークを握り直すと、残りのチョコレートケーキをすべて口に押し込んだ。

純子もまた、残りのチーズケーキをすべて、口に押し込んだ。

その咀嚼も終わらないうちに、純子は続けた。

「今だから言うけど。中学で同じクラスになったとき、私だってはじめは陽子のことをちょっとバカにしていた。なんか、ちょっととろそうな子だな、頭もそんなによくなさそう。これだったら、私の下かな？　……って」

格付けをしていたの？

「自然なことでしょう？　人は、集団になると、知らず知らずのうちに格付けし合うものじゃない。まずは第一印象で、自分より上か下かを決める。……こう言っちゃなんだけど、陽子はクラスのみんなから『自分より下』と格付けされたと思うよ。つまり、第一印象の時点では、陽子はクラスの最底辺。一方、裕子は頂点。だって、みんなが『裕子は自分より上』って格付けしただろうから。もちろん、裕子もそれは自覚していた。だから、裕子、最初のうちは、なんだかんだと、陽子に優しかったでしょう？」

「…………」

静かに、頷く。

その通りだ。同じ小学校から上がったクラスメイトが一人もいなくて、ひとりぽつんと佇んでいると、裕子が声をかけてくれた。『仲良くしようね』って。

「それは、女王が下々に声をかけるのと同じ構図。上層に属しているっていう意識がある人ほど、下層に属している人には優しいのよ。つまり、憐れみってやつ」

「憐れみ……」

「でも、下克上はすぐに起きた。入学してすぐに行われた実力テストで、陽子はダントツの学年1位。その次の中間テストでも、1位。……クラス中がざわついたものよ。第一印象では最底辺だったのに、陽子はいきなりトップへと駆け上がった。……学校なんてさ、所詮成績ですべてが決まるんだよね。どんなにパッとしない人でも、成績がよければそれだけで、女王様よ」

「女王様だなんて……」

「え？　もしかして、自覚してなかった？　嘘でしょう？　あんなに、男子や先生にちやほやされていたのに！」

そりゃ、最初は意地悪してきた男子が、ある日から優しくなったのは覚えている。宿題を見せて……とか、試験のヤマを教えて……と寄ってくる男子もいた。先生にも、いろいろと頼まれごとをされてはいたが、ちやほやだなんて……。

「これだから、陽子は。そんなだから、知らないうちに敵を作っちゃうのよ。……まあ、いずれにしても、裕子にとっちゃ、人生で初めての敗北。あの子、小学校まではずっと頂点を張っていたからさ、ショックも大きかったと思うよ。……裕子がキャラを変えたのも、中間テストの成績が発表された頃かな。中間テストでも、ダントツの1位は陽子でさ。一方、裕子はランク外。それまでクラスの中心にいて、まさに〝花〟として存在していたのに、突然、クラスの端でおとなしくしていることが多くなった。……まあ、マンガとかラノベで出てくる、ミステリアスキャラって感じ？　何を考えているのか分からない無口な美少女キャラを自ら演じるようになったのよ。……小学校からの彼女を知っているからさ、そりゃ、痛々しかった。本当は、おしゃべりでケラケラ笑ってばかりの明るい性格なのに……って」

純子は、一度言葉を止めると、ハンカチで額の汗を押さえた。

「そうそう。裕子ね、こんなこと言ってたっけ。……陽子が〝夢〟の話を発表したとき。『夢の中のヨーコのように、現実の陽子も、転校しちゃえばよかったのに。そしたら、この中学に進学することもなかったのに』って。裕子、本当に、陽子のことが疎ましかったんだろうね」

「でも――」

言葉を挿もうとしたが、純子はそれを遮って、続けた。

「裕子さ、心底苦しかったと思うよ。どんなに頑張っても成績は陽子には遠く及ばない。クラスでのカーストも下がっていくばかり。一方、陽子はずっとずっと成績トップで、カーストも上がる一方。高校だって早々と推薦が決まってさ。裕子も志望していた、県内指折りの女子校。なのに裕子は補欠でギリギリ入学。高校に入ってからも、成績ではまったく陽子にはかなわない。大学もそう。陽子はまたしても推薦入学。一方裕子は、またしても補欠。こうなったら、いい男を彼氏にして差をつけよう……とあれこれ男を漁っているうちに、陽子は医学部の学生をゲット。自分も目をつけていた相手だったから、このときの敗北感は凄まじいものだったんじゃないかな」

「……そんなこと」

が、またしても、私の言葉は遮られた。

「陽子は、裕子とはほとんど交流はなかったって言っているけど、裕子は陽子のことばかり見ていたんだよ。そう、まさにストーカーのそれ」

「ストーカー……」

「ストーカーって一口に言うけど、ストーカー側の視点で考えれば、かなり辛いと思うんだよね。ストーカーだって、こんな馬鹿馬鹿しいことはやめたいと思っているに違いないんだ。それでもやめられない。……地獄だと思う。

なんかの本で読んだことがある。ストーカー行為って、強迫神経症に似ているんだって。ほら、潔癖性とかのアレだよ。意味もなく一日中手を洗い続ける……的な？　やめたいんだけどやめられない……というやつだよ。だから、ストーカーの中には、自分をストーカー行為させる相手に消えてほしいって願う人もいるんだって。そうすれば、自分の馬鹿馬鹿しいストーカー行為もなくなる……そう考えるみたい。裕子がまさに、そうだったみたい。裕子は、陽子に消えてほしかったんだろうね。または、陽子の人生を狂わせたかったんだと思う」

「だからって、あんなこと！」

が、私の言葉は、またしても、純子の言葉に呑み込まれた。

「でも、その結果、陽子は売れっ子作家に。裕子との差は広がるばかり。まさに、誤算ね。消えるどころか、陽子の存在はますます大きくなってしまった。ね、その頃、裕子から連絡なかった？」

「え？　……うん、あったけど。小説読んだよ……って。久しぶりに会わない？　……って」

「そのときに、陽子、エルメスのバッグ持っていったでしょう？　しかも、バーキン」

「……ああ。そうだったかも。印税で買ったのよ」

あんな小説で稼いだ金なんて、ちっとも嬉しくなかった。だから、ばかみたいにブランドものを買い漁って、散財していた。

「裕子もさ、中古のエルメスのバッグを持っていったらしいよ。キャンバス製のトートバッグをね。たぶん、陽子に見せつけるために。なのに、陽子のほうが何倍もお高いバッグを持っていてさ。その頃からみたいよ。裕子が整形しだしたのは。……裕子が整形にハマったのも、もしかしたら陽子が原因かもね」

「冗談じゃない！」

今度は、純子の言葉を私が遮った。

「そんなことまで私のせいにされたら、たまったもんじゃない！　裕子に人生狂わされたのは、私のほうよ！　人生だけじゃない、心だって……！」

その心を表したような私の部屋。今度、純子に見せてあげる。

裕子にだって、見せてやりたかった。

そうすれば、裕子も思い知るでしょうね。

『陽子の心は、ここまで壊れてしまったのね。もう元には戻らないのね。……気の毒にって。そうしたら、裕子も、私に対するストーカー行為とやらから解放されたのかもしれない。

でも、その裕子はもういない。

私に対する歪んだ執着を抱き続けて死んでしまった。

「向こう側のヨーコ……」

私の口から不意に、そんな言葉が溢れた。

「え？」口元のチーズケーキのカスをハンカチで拭いながら、純子。「向こう側のヨーコって。……陽子の夢に出てくる、もうひとりの陽子のこと？」

「そう。向こう側のヨーコは、小学校の頃に引っ越してしまったから、中学校も違うところに進学した」

「だね。つまり、向こう側の世界では、陽子と裕子は出会ってない。……つまり、向こう側の裕子は小学校の頃のようにずっと女王様で、もしかしたら死ぬこともなかったかもしれない」

「そうかな？」

またまた、私の口からそんな言葉が不意に漏れた。

「私ね、思うの。ゲームと同じで、どんなに違った道を選択したとしても、登場人物は一緒で、遅かれ早かれ出会ってしまうんじゃないかって」

「じゃ、向こう側でも、裕子は陽子と出会っているってこと？」

「たぶん」

そして、私は、一口だけ残したカフェラテを飲み干した。

純子も、氷が溶けてほとんど水になってしまったアイスコーヒーを名残惜しそうに啜る。

と、そのとき、けたたましく鳴り響いたのは、着信音。

純子が慌てて、バッグからスマートフォンを引きずり出した。

それは、短い会話だった。

純子の額の汗が、すっかり引いている。

「どうしたの？」

訊くと、

「真由美が……」

「真由美がどうしたの？」

「真由美が、死んだって」

B面

18

「ね、ヨーコ、あなた、噂になっているわよ」

通販会社G社の事務センター、社員食堂。

笹谷真由美が、スプーン片手にそんなことを言った。

その表情には同情と心配が入り交じっているが、瞳の奥に光るものを私は見逃さなかった。

……好奇心の輝きだ。

この輝き、今日はこれで何人目だろうか？　何気ない会話の中にも砂金のようなそれはキラキラと光って、私になにか言わせようと必死で誘惑している。先ほどは、ほとんど話したことがない正社員の人から声をかけられた。

「見ましたよ」

そんなことを言われて、どう答えればいいのか。

「はあ、どうも」

それが、せいぜいだ。

「それにしても、ヨーコ、水臭い。どうして言ってくれなかったの？」

真由美はわざとなのか、声のトーンをぐんと上げた。さらに、大げさに手を振り回しながら、

「言ってくれれば、私、絶対見たのに……！」

前後左右から、視線が飛んできた。心なしか、みな、くすくすと笑っている。

……なぜ、言わなかったのかって？　こうやって好奇の目に晒されるからに決まってい

るでしょう？　言わなくたって、この有様なんだから。まったく。

半ばヤケクソ気味にナポリタンにフォークを突き立てる。

すると、

「見ましたよ！　もう、びっくりしちゃった！」

と、背後から遠慮知らずの声を浴びせられた。

見ると、隣のチームの人だ。ネームプレートには「シライ」とある。初老の女性だが、先月入ってきたばかりの新参者だ。

「お風呂から上がってテレビをつけたら、知っている顔が出てきて、ほんと、びっくりしちゃった！」

どうやら、この人が、噂の火付け役らしい。

年は変わり、二月になっていた。来週は、もう三月だ。

職場も家庭も相変わらずでこれといった変化はないが、私は人知れず大きな変化の中にあった。

金城賢作との付き合いだ。

去年の十二月、金城賢作と、そういう関係を持った。きっかけはなりゆきで、ちょっとした間違いだったが、でも、それで終わることはなかった。二日後に彼から連絡があり、私たちは再び体の関係を持った。情事の余韻の中、彼はワンピースとモンクレールのダウンコートとジミーチュウの靴、そしてエルメスのトートバッグを私に差し出した。どれも裕子さんから譲ってもらったものだが、私が粗相をして、ダメにしてしまったものだ。

「安心して。これは全部、新しく買ったものだから」

金城賢作は言った。戸惑う私に、

「裕子のことだからさ。『あのバッグはどうだった？』とか、『靴は気に入ってくれた？』とか、聞いてくると思うんだよね。そのときのために、新しく買い直した。でも、まったく同じものってわけにはいかなかったけど」

それでも、戸惑う私に、

「裕子はさ、変に気前がいいところがあるんだよ。そのくせ、あとで後悔する。時には、遠回しに返せって言うことも」

「え？　返せって言われたら……」

「だからさ、そう言われないためにもだよ。これらがとても気に入ってしまって手放したくない……ってことを、あらかじめアピールしておくんだよ」

「どうやって？」

「ブログ、……ブログを立ち上げてみないか？」

「ブログ？」

「そう。ブログで、日々のあれこれを綴るんだよ。さりげなくコートや靴やバッグの写真を載せてさ。そうすれば、裕子だって、返してほしい……とは言えなくなるだろう」

「裕子さんにそのブログを見せるの？」

「君は、ブログを更新するだけでいいんだよ。裕子には、僕がそれとなく見せるからさ」

「でも……」

「かたく考えることはないんだよ。君が理想とする日常をさ、綴ればいいんだよ。僕が応援するからさ、君の理想の日常を」

「応援……？」

「そうだよ。僕が、君の生活をプロデュースしてあげるって言ってるんだよ」

「プロデュース……」

「だから、かたく考えないで。君はいつもの通りでいいんだ。僕の指示に従っているだけで。それだけで、君は、理想の生活を手に入れることができる」

「なんで、そんなことをしてくれるの？」

「だって、僕は君に夢中なんだよ。初めて会ったその瞬間から、君の虜なんだ。君の願いも理想も、叶えてやりたいんだ。君の笑顔だけを見ていたい」

それは、まるでホストのくどき文句のようだった。もし、ここで「君を愛しているんだよ」などと言われたら、私もさすがに警戒していただろう。が、金城賢作は「愛」などといった不毛でいかがわしい言葉は一切使わなかった。ただ、「君に夢中だ。君のためになんでもしてやりたい」と、繰り返すだけだった。これほど、女冥利に尽きる言葉があるだろうか？　私は、とろけるような気分で、彼の言葉に身を委ねた。

……そして、金城賢作は私のプロデューサーとなった。彼は私という女をプロデュースすることで喜びを感じ、そして私は彼の手によって日々生まれ変わる自分に、酔う。

そう、もはや、私たちは切っても切れないパートナー同士だった。

だからといって、それをあからさまに公言するようなことはしない。

それは、彼の指示でもあった。

「君には、今のままでいてほしい。人妻であり母であるという立場のままで。世間が模倣したがるような良妻賢母。これが、君に相応しい立ち位置だよ」

彼は、そんなことを言いながら、私の下半身を猟奇的に犯していく。その野蛮なまでの欲情に身を任せながら、私も発情中の獣のように体をくねらせる。

「そう。表では良妻賢母。そして、裏では淫乱な獣。そういう〝秘めごと〟が、僕は好きなんだよ。……君もそうだろう？」

悔しかったが、その通りだった。〝秘密〟を持つことで、平凡で退屈でうんざりするほど平坦な私の日常に、上質なクロコダイル革のような凹凸が浮かび上がった。凹凸は隠微な陰影を作り、私の生活にある種の張りを与えたのだ。

家庭も職場も相変わらずだったが、今となっては陰影のひとつで、大切な演出のうちだ。「私」という役者を引き立たせるステージという意味で。

「そう、その通りだよ。君は、喩えるなら、すまし顔で授業をする女教師。が、そのスカートの中はノーパン。さらにはバイブが仕込まれている」

なんていう喩えをするのだろう？　言われたときは怒ってもみたが、これもまた、彼の言う通りだった。

良妻賢母というスカートを捲れば、湿地のような下半身が露わになる。まさに、今の私はそんな状態だった。スカートが捲れないように常に姿勢を正し、太腿をきゅっと閉じているけれど、でも、心のどこかでは、それが捲れてほしいとも願っている。

……そんなはしたない願望が通じたのか、不意の風が、スカートを捲ろうとしていた。

「ほんと、びっくりしちゃったわ！」

新参者のシライさんが、さらに声を上げた。

「昨日、お風呂から出て、テレビをつけたら、知っている顔がいるんだもん！」

シライさんは繰り返した。

「ほんと、びっくりしちゃった！」

そして、私の隣に空席を見つけると、そこにどかりと座った。

「あたし、あの番組、結構見てるのよ！　だって、司会のあのアナウンサー、あたし、割と好きでさ！」

シライさんと話すのは、今日が初めてだ。なのにシライさんは、数十年来の知り合いというように、ぐいぐいと迫ってくる。

「ね、ね、教えて。どうして、あの番組に出ることになったの？」

そんなことを訊かれても。どう答えていいか。

「ね、ね、どうして？」

シライさんがしつこく繰り返す。なにか、答えておかなくては。

「……主人の知り合いに、テレビ局のプロデューサーがいて。それで」

咄嗟に、そんな嘘をつく。

本当は、金城賢作が持ってきた企画だった。

「クイズ番組に出てみないか？」

そんなことを言われたのは、二週間前。

「え？」と驚く私に、金城賢作はたたみかけるように言った。

「東洋テレビの『カウントダウンクイズ！』というクイズ番組。知ってる？」

「ええ、まあ。時々、見ているわ。MCと解答者の掛け合いが面白くて」

「それに出るんだよ！　解答者として！」

「なんで、私が？」

「次のステージに上がるんだよ。君は、もっともっと羽ばたかなきゃ」

「でも、あれって、解答者は芸能人か有名人よね？」

「そう。君は、〝有名人〟枠で出演するんだ」

「有名人？　私が？」

「そうだよ。〝有名ブロガー〟として」

　確かに、金城に言われてブログをはじめてはみた。でも、まだ二ヶ月ほどしか経っていないし、アクセスもまだまだだ。……なのに、有名ブロガー？

「〝有名〟の定義なんてないからね。法律で定められているわけでもない。だから、言ったもん勝ちなのさ。それに、君はゆくゆく〝有名〟になるんだから、嘘ではない」

「でも、今はまだ〝有名〟じゃないわよ？」

「いいんだよ。テレビに出れば、おのずと〝有名〟になる」

　でも、それって、なんかフェアじゃないような気がする。いわゆる、売名行為？

「売名行為の何が悪いのさ？　こんなに情報が溢れ返っているんだぜ？　どこかで名を売らなければ、はじまらない。売れっ子の役者だってアイドルだって、コツコツと名を売るところからはじめてるんだよ。最初から有名人なんてやつはいない。みんな、あの手この手で名前を売っているんだ。違うかい？」

でも、それとこれとは、また違う話のような気もする。

「馬鹿だな、君は。同じだよ。世の中の有名人は、みなそうやって名を売ってきているんだよ。これは、正当な方法だ」

でも。……珍しくなかなか言うことを聞かない私に、金城賢作はイライラと足を揺すった。

「情報も人もこんなに溢れた世の中で、自分をアピールし、さらに他者（ひと）の記憶に残るには、ふたつしか方法がない。ひとつはコマーシャル。そして、もうひとつは……分かる？」

首を横に振る私に、彼は鋭い口調で言い放った。

「〝犯罪者〟になる」

「犯罪者？」

「そう。君は、犯罪者になりたい？」

改めて首を横に振る私に、

「じゃ、クイズ番組、出るよね？」

「………」

「君は、有名になりたくないの？　有名になりたいんでしょう？　分かっているよ。君は

「〝有名〟になりたくて仕方ないんでしょう？」

言われて、私はゆっくりと頷いた。

そうなのだ。今までずっと気がつかないふりをしていたが、私の心の奥底には「有名になりたい」という願望が、排水口のカビのようにびっしりと張り付いている。そのせいで、時折、息もできないほどの渇望に苛まれていた。その発作が起きるたびに自分自身を押さえつけていたが、それが私の心と体を大きく歪め、今にも爆発しそうだった。そんな私の病巣を目ざとく見つけてくれたのがこの金城賢作だった。

そういう意味では金城賢作は私の命の恩人でもある。なぜなら、あのまま放っておいたら、願望という名の私の病巣は間違いなく私を死に至らしめるほどに暴走していたはずだから。

「な。クイズ番組、出ようよ？」

金城賢作は、今度は子供を宥めるように言った。

「……うん、分かった」

だから、私は、子供のように頷いた。

そして、先週、東洋テレビに赴き収録に参加してきたのだが。

……惨敗だった。

私はなにひとつまともに答えることができずに、さらに気の利いたトークをすることもできず、メイクが流れ落ちるほど汗だくの姿を晒して終わってしまった。まさに、公開処刑。

金城賢作からは、あれから連絡すらない。

……きっと見限られたんだ。有名になるどころか、あんな晒し者になってしまって。

だから、放映日の昨日は、テレビは一切つけなかった。夫にも息子にももちろん、言っていない。何かの間違いであの番組を見てしまわないように、テレビの電源コードもコンセントから抜いてしまった。

ああ、このまま全世界からテレビがなくなればいいのに！　誰も、あの番組を見ていませんように！

そんな願いも虚しく、思った以上に、見ている人は多かった。

「それにしても、知らなかったわよ。あなた、有名ブロガーさんだったのね」

シライさんが、本日のおすすめ定食のチキンカツを箸で挟みながら言った。

「ほんと、全然、知らなかった」しつこく繰り返すシライさんに、真由美も小さく頷く。

「……有名なんかじゃないですよ」私は、視線をテーブルに落としながら言った。「……細々とやっている、地味なブログです」

「でも、素敵なブログだわよね」

「え？」

「あたし、早速、アクセスして見ちゃった。そしたら、なんか面白くなって、遡って読んでいたら、朝になっちゃって。おかげで寝不足」

「……読んだんですか？」

「もちろん。……なんか、幸せそうで羨ましい。いわゆる、リア充ってやつ？」

「……いえ、そんな」

「ほんと、羨ましい。だって、旦那さんは広告代理店勤務のエリートで——」

広告代理店といっても、大手ではない、中堅の会社だ。しかも花形部署ではなく、総務部。

「住まいはあの高級住宅地のマンション——」

ディベロッパーは〝高級住宅地〟として開発したみたいだけど、実際は全然だ。なにしろ、都心まで急行を使っても四十分はかかるあんな辺鄙なところ。日常の生活には困らない程度に商業施設はあるが、でも、なにかと不便だ。しかも三十五年ローンで、そのローンの負担がじわじわと家計を圧迫してきている。夫の給料だけでは心許ない。だから、私がパートに出るしかない。

「それに、ブログで紹介されていたあのバッグは、エルメスよね？」

……金城賢作からもらったやつだけど。遡れば、雑誌の付録のビニール製バッグと交換して手に入れたものを汚してしまって……。いずれにしても、私の甲斐性で買ったものではない。でも、あのバッグのおかげで、多くを語らなくとも読者は私のことを一方的に「セレブ」だと思い込んでくれる。

「……こんなにリア充なのに、なんでパートに？」

だから、旦那の給料だけでは心許なくて！

シライさんの質問に言い淀（よど）んでいると、シライさんの視線が、ふと、外れた。そして、「あら、スズキさん！　待ってたのよ」などと言いながら、向こう側のテーブルに移っていってしまった。

しばしの、沈黙。

「……私も知らなかった。ブログ、やってたんだね？」真由美が、スプーンを弄びながら言った。

「……うん、まあね」

「教えてくれたら、よかったのに」

「恥ずかしいからさ。知っている人に見られていると思うと」

「恥ずかしい？」

そんな恥ずかしがり屋が、そもそもブログなんか立ち上げる？　とでも言いたそうに、真由美は唇の右端で、にやりと笑う。そして、

「水臭いな……。ちょっと、寂しいよ」

その左手薬指には、なにもない。それに気がついたのは先月だったが、気がつかないふりをしている。……真由美だって、秘密にしていることがあるくせに。なのに、一方的に私を責めるの？　それって、なんかおかしくない？

私は、露骨に、真由美の左手薬指に視線を注いだ。

真由美が、右手で、それをそっと隠す。

「いずれにしても、ヨーコはもう有名人だね。なんだか、雲の上の人みたい」

雲の上の人？　なんて大袈裟な。それって、厭味？

「……もう、やめてよ。終わったことだから」この話はもうお終い、とばかりにちょっときつめに言うと、

「うそ、もしかして、まだ見てなかったの？」真由美が、同情を込めた眼差しでじっと見つめる。

「……そうか、まだ、見てないんだ」

「なにを？」

「ううん、だったらいいの」真由美が、なにやら含みのある笑顔で言った。「世の中には、知らないほうがいいこともあるからさ。……ああ、もうこんな時間だ。私、午前中にやり残した仕事があるから、今日はお先に失礼するね」

そして、真由美はひとり、席を立った。

真由美が言っていたことって、もしかしてこのこと？

私は、スマートフォン片手に、体を硬直させた。

「なに、これ」

従業員ロッカー。

仕事が終わり、私は数時間ぶりにスマートフォンを手にした。ここでは、原則私物を職場に持ち込んではいけないルールになっている。情報漏洩を防ぐためだ。ここに来るまではちょっとしたスマートフォン依存症だったが、こうやって強制的に離れる時間ができたことでその依存症ともおさらばできるかしら？　と思ったが、反対だった。まるで禁断症状が出たヘビースモーカーのように、終業のベルが鳴るとひたすらスマートフォンを求めて小走りになってしまう。

ここ数ヶ月は特にだ。

金城賢作からの着信がないかと、仕事中でも股間が疼くほどだ。

だから今日も、ロッカーを開けるなりスマートフォンを真っ先に手にした。

ショートメールが来ていた。金城賢作からだ。

一撃を喰らったように、心臓が痛いほどに跳ね上がる。

私は、貪るように、その字面を追った。

『昨日の放送。評判いいよ。視聴率もよかったと、局プロデューサーが喜んでいた。ネットでも、早速話題になっているよ』

……ネットで、早速話題になっている？

跳ね上がった心臓がゆっくりといつものリズムに戻る。と、同時に、なにやら冷たいものが走り抜けるのを感じた。それが悪寒となり、全身に染み渡るまでに時間はかからなかった。

……なにか、嫌な予感がする。

私は、自身のブログを久しぶりに開いてみた。ここ最近、開いてなかったが――。

「え？」

いつもは、一日のアクセス数、三十あるかどうかなのに、……五万アクセス！

時間別に見てみると、明らかに、『カウントダウンクイズ！』の放送後から、爆発的に数字が伸びている。

悪寒に引き続き、いやな汗が全身から噴き出す。

……やっぱり、嫌な予感がする。

検索サイトを開いてみる。そして、自分の名前を入力。いわゆるエゴサーチ。そして、現れたのは、匿名掲示板。

私の体が、冷凍マグロのようにかちんこちんに固まる。

「なに、これ」

19

『「カウントダウンクイズ！」に出ていた、有名ブロガーって人のブログを見てみたけど、全然「有名」じゃないし！　そもそも、二ヶ月前にはじめたばっかりじゃないか。アクセス数も、しょぼっ』

『その人のブログ、俺も見てみた。番組放映からちょっと時間が経っていたせいか、アクセス数は結構あったよ』

『自分が見たときは、2000もなかったよ。二ヶ月で2000弱ってことは……一日だいたい30あるかないか？　それで、「有名」って、よく言えるな！』

『売名じゃないか？　きっと、番組のプロデューサーの愛人かなんかだろう』

『愛人？　愛人って感じじゃなかったよ、テレビで見た感じでは。ただのおばちゃん。問題にも全然答えられなくてさ！　MCが必死でいじってやってるのに、そのリアクションも全然でさ！　まさに、素人のおばちゃんだよ。いや、素人だって、探せばもっと面白い人はいくらでもいるのに。なんで、あんな、なんの取り柄もない、キャラクター性もゼロの人物を出演させたんだ？』

『でも、脇汗はすごかったよ。あれは、見ごたえあった』

『うん、脇汗はすごかった。ギネス級だった。グレーのカットソーが、脇からどんどん黒く染まっていく様（さま）は、なんかのCGを見ているようだった。釘付けになった』

『脇汗がすごくて、全然クイズの問題が頭に入ってこなかった』

『脇汗マダム……とかいう名前で売り出せば、一年は売れるかもしれない』

『でも、ブログは全然、おもろうない。いわゆるリア充自慢の、主婦ブロガーにありがちなふわふわブログ』

『リア充なもんかよ！　本物のリア充は、そもそもあんなブログは立ち上げないだろう。リアルが充実してんだからさ』

『確かに。本当にリアルが充実してんだったら、リア充自慢なんかする気にもならないよな』

『レディーユウユウと同じだよ。偽リア充』

『レディーユウユウの偽振りは凄まじいからな。ブログに紹介するためだけに、借金してまでブランド買ったりしてんだろう？』

『借金ならまだしも、金を騙（だま）し取っているらしいよ。あの豪華な六本木の部屋も、レンタルスタジオらしいぜ』

『あの部屋、レンタルスタジオなんだ？』

『そう。あの部屋のオーナーがスタジオとして貸し出してんだってさ。ＡＶで、同じ部屋が使われているのを見たことある』

『なんだー、やっぱり、あの部屋、偽もんか！』

『そういえば、気になったんだけど。脇汗マダムのブログでさりげなく紹介されていたエルメスのトートバッグ、あれ、レディーユウユウも持ってなかった？』

『もしかしたら、あれもレンタルで。ＳＮＳ用に貸し出している業者があるのかもな』

『マジか。そんなのがあるなら、俺も、借りてみたい（ワラ）』

『話の中断、ごめん。私、リアルな「脇汗マダム」、知ってます』

『お、関係者降臨！　で、脇汗マダムって、本当にリア充？』

『リア充の定義はよく分からないんだけど、まあ、恵まれた環境にはあると思います。旦那が広告代理店勤務で、多摩地区じゃ高級住宅地っていわれているところに建つマンションに住んでいますよ』

『旦那、広告マンか！　なら、高収入だね』

『たぶん、年収は一千万円前後じゃないですか』

『一千万円！　まさに勝ち組だな！』

『でも、年収一千万円って、かえって生活がカツカツだっていうよな』

『そうそう。それなりの生活水準を求めて散財してしまう結果、年収五百万円の人よりお金が貯まらないって聞いたことある』

『はいはい、まさにそれです。彼女、たぶん、カツカツだと思います。その証拠に、パートに出ています』

『エルメス自慢している一方で、パート？』

『ブログで紹介されていたキッチン。あれも嘘だと思います』

『あの素敵なアイランドキッチン？』

『あの画像、どこかのサイトから引っ張ってきたんじゃないでしょうか？　あのマンションに、あんなキッチンは無理です』

『画像をパクって、自分のもののように見せていたか！　こりゃ、やっぱり、レディーユウユウと同じパターンだな！』

『まさに、次世代のレディーユウユウって感じだな。やっていることが、なんか似ている』

『黒幕が、同じやつなんじゃね？』

『どういうこと？　黒幕って？』

『だから、レディーユウユウには――』

20

「ヨーコさん」

マンションのエントランス前、そのオートロックを解除しようとキーを探していると、三〇四号室の中河さんが中から出てきた。

「……あ、中河さん。……こんにち――」

こんにちは……と挨拶しそうになったが、あたりがすでに真っ暗だということに今更ながら気がつき、

「こんばんは」慌てて、言い直す。

「こんばんは」中河さんが、含みのある笑顔で、首をかしげる。

いつもの犬の散歩だろうか？　いや、その腕の中にはトイプードルのレモンちゃんはいない。なら、買い物？　いや、……手ぶらだ。

「え？」

中河さんの真似をするわけではないが、私の首も自然と傾く。

「ヨーコさん、なにかあった？」

「え？」私は改めて、首をかしげた。

「だって、あなた、ずっと共用ガーデンのベンチに座ったままなんだもの。……三十分も。なんだか、心配になって」

……見られていた？

「洗濯物を取り込もうとベランダに出たら、あなたの姿が見えて。ずっと同じ姿勢のままじっとしているから、……なんか、心配になっちゃって」

正確には、じっとしていたわけではない。……スマートフォンを見ていたのだ。自分の悪口が書き込まれた掲示板を。

その掲示板には、明らかに、私を知っている身近な人もいた。いったい、誰が？　そう思ったら、恐怖と情けなさで、家に戻る気になれなかった。だって、涙が次々と溢れてくる。だから、ベンチからなかなか立ち上がることができなかったのだ。

「……ヨーコさん、本当に、大丈夫？」

中河さんが、私の顔を覗き込む。その眼差しが優しくて、私はつい、心を晒け出す。

「中河さん……。私、私」

突然泣き出した私の背中を、中河さんが母親のようにぽんぽんと叩く。

「うちに、来る？　美味しいケーキがあるわよ」

私は、子供のようにこくりと頷いた。

＋

「……そうなんだ。そんなことが」

私が一通り話し終えると、中河さんは自分のことのように深く長いため息をついた。

「ごめん、私、全然知らなくて。……クイズ番組に出ていたことも、……ブログのことも」

ドッグベッドで寝ていたレモンちゃんが、むくりと頭をもたげた。

「いえいえ。……そんな」謝られても。……クイズのこともブログのことも、全然言ってなかったんだから、知らなくて当然だ。

それとも、真由美のように「どうして言ってくれなかったの？」とでも思っているんだろうか？……だとしたら、ちょっと面倒くさい。

ああ、これだから、女って、面倒くさい！

私は、テーブルに置かれた皿を、そっと引き寄せた。皿には、いかにも美味しそうなモンブランケーキ。

レモンちゃんが、とことことやってくる。このケーキの匂いにつられたか、可愛らしい前足をひょいとテーブルに乗せた。

「もう、レモンちゃんったら。これは、ダメだからね」

と言いながらも、中河さんはモンブランケーキのトップを指ですくい上げると、それをレモンちゃんの口元にあてがった。

中河さん、子供がいたら甘やかすタイプね。きっと、甘やかして甘やかして、子供が悪さをして被害者が乗り込んできても「うちの子は悪くない」と、逆ギレするのだろう。そういえば、うちの翔が小学生のとき、そんな親がいたっけ。怪我したのは翔のほうなのに、「翔くんが悪い、先に手を出したのは翔くんのほうだって」と譲らなかった。……翔がそんなことをするはずがない。あの子は、いい子だもの。成績だっていいもの。

私も、モンブランケーキのトップをスプーンですくうと、それを口に押し込んだ。

……ああ、美味しい。本当に、美味しい！ どこのケーキだろう？

「貰い物なのよ。昔、仕事をしていた人が今日、久しぶりに訪ねてきてね」

言いながら、中河さんの視線がリビングテーブル横のマガジンラックに飛ぶ。いつもの英字新聞に混じって、小説の雑誌が何冊かささっている。

「でも、よかったわ」レモンちゃんを膝に乗せると、中河さんは突然破顔した。

「え？」よかったって、……なにが？

「だって……てっきり、あのことが原因で、落ち込んでいるのかと思ったから」

「あのこと？」

「ううん、なんでもないの、ごめんなさい」

中河さんは曖昧に笑うと、膝の上のレモンちゃんを抱き寄せて、「かわいいでちゅねー」などと、白々しく話を逸らした。そして、

「でも、あれよね。……匿名掲示板に悪口を書く人たちって、いったい、なんなのかしらね」と、これまた白々しく、話を戻した。

「……あの、あのことって？」

どうしても気になり、私は訊いてみた。

が、中河さんは見事にスルーし、いつのまに取り出したのか、その手にはスマートフォン。それを操作しながら、

「ああ、これか！」などと、声を上げた。

「うわー、本当にひどい。……こんなこと、よく書けるわよね」

中河さんの顔が、みるみる歪む。その唇も震えている。

その様子は、野次馬のそれではなかった。まるで自分のことのように、怒りに体を震わせているように見えた。

私は、モンブランケーキのかけらを口に含みながら、少しずつ溜飲(りゅういん)が下がっていくのを感じた。

やっぱり、こういうことって、一人で抱え込んじゃいけないわね。こうやって他者(ひと)と分

かち合ったほうが、気分が軽くなる。……中河さん、ちょっと癖のある人だけど、こういうときは、本当にありがたい。

「ほんと、ひどい」中河さんが、目尻に涙をためながら、言った。「……でも、こんなことでめげちゃダメよ。こんなひどいことを書く人は、一部なんだから。中には、一人で何役もやっている場合があるらしいから。こんなにたくさん書き込みがあるけど、実はたった一人が書き込んでいた……なんていうこともあるみたいよ。なんかの小説であったわ。……えっと、どの小説だったかしら」

中河さんは、怒り心頭に発する……という感じで、レモンちゃんを膝から下ろすとソファから立ち上がった。……が、その唇は、少し笑っている。

「どの小説だったかしらねぇ　たしかね〜　ここにあったはずぅ」

と、変な節をつけながら、隣の部屋に行ってしまった。

リビングに一人残された私。いや、トイプードルのレモンちゃんがいる。

レモンちゃんもどうしていいのやら、ついにはソファの下に隠れてしまった。

「それにしても、あのこと、い、い、いって？」

あのこと？　あのこと？　あのこと？

あのこと？

と、クエスチョンマークをいくつも並べていると、着信音。

金城賢作からだった。

中河さんはまだ隣の部屋。私はスマートフォンに飛びついた。

「やっぱり、テレビの効果はすごいね。君、有名人じゃないか」

久しぶりに聞く金城賢作の声に、涙が出そうになる。

「でも、悪口をいっぱい書かれたわ、私、心がズタズタよ」

「バカだな。それが、〝有名〟になったという証拠じゃないか。有名税だと思って」

「でも……」

「気にすることないさ。悪口は、人気のバロメーターなんだから。悪口は、むしろ喜ばしいことなんだよ」

「そんなふうに割り切れない」

「君は、これからどんどん有名になっていくんだからさ、そんなことをいちいち気にしてちゃダメだよ」

「でも」

「悪口を言っているやつは、結局、君が羨ましいだけなんだからさ。嫉妬だよ、嫉妬」

「でも。……あのキッチンのことも、バレちゃったわ」

「キッチン？」

「ほら、ブログで紹介したキッチンの画像よ。あなたが送ってくれたあの画像を載せてみたんだけど」

「ああ、それか。……そんなことより、君、最近、ブログ、更新してないね？」

「だって」

「ダメだよ、昨日のテレビの効果で、大勢の人が訪問しているんだから。ここで気の利いた記事を投稿しておかないと、客はすぐに離れるぜ？」

「でもね――」

「君、まだ、分かってないね。昨日から今日だけで、いったいいくら稼いでいると思っているんだい？」

「え？」

「だから、ブログの広告収入（アフィリエイト）だよ。たった一日で、三万円だよ、三万円。この調子でいけば、月収百万円超えだ」

「月収……百万！」

「そうだよ。でも、そんなもんじゃない。君なら、もっともっと稼げる。……そうそう画像、送っておくから、それ、載せておくといいよ」

「画像……？」

「そう。イギリスに行っている友人から借りたもんだ。エリザベス女王とのツーショットだよ」

「エリザベス女王！　……ツーショット?!」

「そう。有名人になるには、〝権威づけ〟が一番重要なんだ。権威がつけば、もう誰もバッシングなんかしないさ。〝嫉妬心〟が生まれるのは、対象を自分と同等か、それとも格下に見ているときなんだよ。そこで、〝権威〟だ。〝権威〟があれば、〝嫉妬心〟はあっという間に〝憧れ〟に変換されるからね」


「これこれ、この小説よ」

中河さんが、満面の笑みで隣の部屋から出てきた。

「日向真咲の小説なんだけど。……読む？」

「あ……大切なものでしょう？　汚しちゃ悪いから、遠慮するわ」

私は、やんわりと首を横に振った。

「あら、そう？」

中河さんの表情が、途端に曇る。が、すぐに「あ、そうだ！」と何かを思い出し、再び、隣の部屋に消えていった。

その数秒後。その手には、某大手通販会社のダンボール箱。

「エントランスで宅配のお兄さんが途方に暮れていてね。聞いたら、宅配ボックスの空きがないって。荷物を見たら、翔くん宛てだったから、私が預かっておいたのよ。だって、ほら。再配達とかになったら、あなたも面倒だろうし、宅配の人も大変だろうから」

言いながら、中河さんが、その箱を私に差し出した。

中河さんの言葉通り、伝票には、確かに翔の名前が印字されていた。

中身はなんだろう？　品物の欄には『工具』って印字されているけど。

いや、問題はそこではない。なんで、中河さんが宅配便を？　そんな勝手なことを。まさに、ありがた迷惑。というか、預かったら預かったで、もっと早く言ってくれればいいのに。これ、到着したの、一週間前じゃない！　そうか、だから、ここのところ、翔はイライラしていたのか。

見ると、中河さんの唇が歪にねじ曲がっている。

もしかして、中河さんも〝嫉妬〟しているんだろうか？　だから、こんな嫌がらせを？

『〝嫉妬心〟が生まれるのは、対象を自分と同等か、それとも格下に見ているときなんだよ。そこで、〝権威〟だ。〝権威〟があれば、〝嫉妬心〟はあっという間に〝憧れ〟に変換されるからね』

金城賢作の言葉が蘇る。

うん。分かった。帰ったら、すぐにブログを更新しよう。

21

『「マダム脇汗」のブログ、更新された。まじ、ヤバい（ワラ）』

『ああ、俺も見たよ。エリザベス女王とのツーショットだろう？』

『私も見ました……。彼女、イギリスどころか、海外旅行に行ったことがないって言ってましたけど……』

『おっ、関係者様、再び降臨！』

『だから、加工してんだろう？　あんなバレバレの加工画像をアップして、なに考えてんだ？』

『やっぱり、レディーユウユウのパターンだ』

『どういうことですか？』

『つまり、〝炎上商法〟だよ。炎上しそうなネタや画像をわざと投稿して、アクセス数を伸ばすんだよ』

『なんで、そんなことを？』

『だから、アフィリエイト。アクセス数が伸びれば伸びるほど、金が入る仕組み。たぶん、昨日から今日だけで、十万円は荒稼ぎしていると思う。この調子でいけば、月収三百万円超えも夢ではない』

『月収三百万円か。……やるね（ワラ）』

『とても信じられません。……確かに彼女、ちょっと妙なところもあるけど、普通の主婦ですよ？　というか、地味でおとなしい主婦。そんな方法で荒稼ぎするような人にはとても見えません……』

『やっぱり、黒幕がいそうだな』

『ああ、いるな。黒幕が』

＋

『ああ、いるな。黒幕が』

そこまで読んで、笹谷真由美はつぶやいた。

「金城……」

つい数ヶ月前までは、結婚を考えていた男だ。が、彼は、もう用済みだといわんばかりに、突然自分を捨てた。

そして、次に乗り換えたのが、ヨーコだった。

ヨーコに教えてやろうか？

金城は、稀代の詐欺師だと。そして裕子もまた、彼に騙されている。……というか利用されている。それとも、裕子が金城を利用しているのかもしれない。いずれにしても、あの二人は骨の髄まで悪人だ。その様はまるで、『俺たちに明日はない』のボニーとクライド。それを言ったのは、裕子自身だった。

「私たち、腐れ縁なのよ。ボニーとクライドのようにね」

裕子は自信満々に言っていたけれど、彼女は分かっているのだろうか？　ボニーとクライドは死ぬ運命だってことを。

そう。あんな悪人は、死ななくちゃいけない。

死ななくちゃ。

真由美は、「死ね」と打ち込むと、それをネット掲示板に投稿した。

CHAPTER5.

A面

22

「私ね、思うの。ゲームと同じで、どんなに違った道を選択したとしても、登場人物は一緒で、遅かれ早かれ出会ってしまうんじゃないかって」

「じゃ、向こう側でも、裕子は陽子と出会っているってこと?」

「たぶん」

そして、私は、一口だけ残したカフェラテを飲み干した。

純子も、氷が溶けてほとんど水になってしまったアイスコーヒーを名残惜しそうに啜る。

と、そのとき、けたたましく鳴り響いたのは、着信音。

純子が慌てて、バッグからスマートフォンを引きずり出した。

それは、短い会話だった。

純子の額の汗が、すっかり引いている。

「どうしたの？」

訊くと、

「真由美が……」

「真由美がどうしたの？」

「真由美が、死んだって」

純子の顔が、汗まみれだ。

「真由美が……死んだ？」きっと、私の顔も、血の気が失せているのだろう。氷水を浴びせられたように体中が冷たい。「真由美が死んだって……どういうこと？」

「そんなの、私が知りたい！」

純子が、八つ当たりするように言った。そして、しばらくはスマートフォン操作に没頭していたが、はっとした表情で、こちらを見た。

「ね、陽子。頼みがあるんだけど。……明日、空いてる？」

「明日？　なんで？」

「うちの番組に出てもらいたいの」

「……番組って、『それ行け！　モーニング』？」

「ううん。私が受け持っている、もうひとつの番組。『それ行け！　サンデーモーニング』」

「なんで、私が？」

「よく、考えて。裕子に続いて、真由美も死んだのよ……殺されたのよ？　これは、連続――」

「ちょっと、待って。真由美、殺されたの？」

「しっ」

純子が、自身の唇に人差し指を当てた。そして周囲を見回すと、囁くように言った。

「……これは、まだ発表されていないことだけど。……真由美は殺されたみたいよ。昨日の深夜。……十二月一日の深夜頃に、殺害されたみたい。……しかも、首なし死体」

「首なし！」

つい、声が出る。が、純子がキッと睨んできたので、私は亀のように首を竦めた。そして、

「だって、昨日、真由美から電話あったよ。……結婚するとかなんとか。なのに……首なし殺人ってどういうこと？」

「そんなの、私だって分からないわよ！」怒気を含みながら、純子。その唇は相変わらず、色が失せている。「いずれにしても、この数日間で、二人の女性の首なし死体が見つかった。しかも、その二人は、私たちの知り合いよ」

純子は、〝知り合い〟という部分を微かに強調した。

知り合い。そうか。純子にとって、あの二人は〝友人〟ではないのか。……という自分はどうだろう？　あの二人のことを〝友人〟と思っていただろうか？

「ね、陽子。あなた、なにか心当たりあるんじゃないの？　あの二人が殺害された理由」

純子が、息がかかる距離まで身を乗り出してきた。「ね、心当たり、あるんでしょう？」

「ないわよ、そんなの」

私は、近づいてきた純子の顔を避けるように言った。

「私だって、あの二人とそれほど親しい間柄ではないし。……あの二人と食事をするようになったのは、同窓会がきっかけにすぎないし――」

本当は同窓会の前に裕子から連絡があり、〝六本木サロン〟というサークルに顔を出した。が、そのことはここでは言わないでおいた。だって、それを言えば、純子のことだ、あれこれと根掘り葉掘り聞いてくるだろう。そして私のことだ、あれこれと自白してしまう恐れがある。……ケンちゃんのこととか。

「あ」

〝六本木サロン〟といえば。……ケンちゃんと知り合うきっかけとなったあの日、真由美の姿を〝六本木サロン〟で見かけたような気がする。裕子が、「なんだ、やっぱり来たのね」と声をかけていたような。真由美本人かどうか確かめる前に、その人物は帰ってしまったが。

裕子と真由美、〝六本木サロン〟で繋がっていた？

「やっぱり、なにか心当たりあるんでしょ？」

純子の視線が、痛い。

「ね、陽子、心当たりがあるんでしょう？」

純子の粘り強さは、中学生の頃からよく承知している。粘り強いといえば聞こえがいいが、いわゆる粘着気質で、中学生の頃も、好意を寄せていた教育実習生に実習が終わってもしつこくつきまとっていた。自宅まで押しかけたというから、今でいうストーカーだ。その男性はとうとう音を上げ、純子の思いを受け入れて純子の〝彼〟となったと聞く。

……自分も純子の思いを受け入れるしかなさそうだと観念した私は、言った。

「で、明日は、何時にスタジオに行けばいい？」

「うそ、出演してくれるの？」

ここで、ようやく純子の視線が和らいだ。

「うん。……でも、本当に、なにも心当たりないよ？　だから、役に立たないと思うけど」

「いてくれるだけでいいのよ。二人の被害者の、共通の友人ということで」

「友人？」

「じゃ、私は、これで失礼する。明日は、午前五時にスタジオ入りして」

そして、純子は、なにかに追い立てられるように慌ただしく席を立った。

私もそのあとを追おうとしたが、唸るような着信音に止められて、そこにとどまった。

電話は、吉澤久美子からだった。


「昨日は、ごめんなさい、押しかけちゃって」

その声からは、緊迫した感じはしない。……真由美のことはまだ知らないようだ。

「ううん、こっちこそ、ごめんね。約束、破っちゃって」

私は、努めて、いつもの調子で応えた。

「それはいいのよ。無理強いしたのはこっちだし」

「協力できなくて、ごめんね。でも、私、本当に裕子のことは。真由美のことも――」

「え？　真由美がどうしたの？」

「え？」ここで真由美のことを言ってもよかったが、「しっ」と唇に人差し指を当てた純子の顔が浮かんできて、私は咄嗟に言葉を濁した。「……ううん、なんでもない」

「……ね、そんなことより、大丈夫？」

久美子が、探るように訊いてきた。

「大丈夫って……なにが？」

「聞いたよ、陽子、ストーキングされているんだって？」

「え？　ストーキング？」

藪から棒になにを言い出すんだ。

「ストーキングなんて――」

言いかけたとき、私はふと、ネットの匿名掲示板を思い出した。

いつだったか、ちょっとした好奇心で、エゴサーチをしてみたことがある。自分の名前で検索してみたのだ。そして、たどり着いたのが匿名掲示板だった。悪名高き掲示板だ、いいことは書かれていないだろう……と覚悟はしていたが、想像以上の罵詈雑言（ばりぞうごん）に、しばらくは立ち直れなかった。だが、こんなの、こういう商売をしていれば仕方のないことだ。

「バカだな。それが、〝有名〟になったという証拠じゃないか。有名税だと思って」

そんなことを言ったのは、かつての担当編集者だったか。

「ネットで、いろいろと書かれているんでしょう？」

久美子は、いかにも同情している様子で訊いてきたが、たぶん、ただの同情ではないだろう。なんでもいいからこちらの弱点をついて、緒（いとぐち）を引っ張り出そうとしているのだ。

……そう、久美子はまだ諦めていないのだ。私から裕子の情報を引き出すことを。

久美子がこれほど私に執着するのは、たぶん、情人のためだろう。フリー記者である彼を助けるために、私は利用されているにすぎない。

「ね、私になにかできない?」

久美子は、なおも食らいついてくる。「私にできること——」

そんな久美子を、「ううん、大丈夫よ」と、私はかわした。「私、ストーキングなんか、されてないから。だから、私のことは気にしないで」

久美子には悪いが、これ以上、利用されるわけにはいかない。私は、少々、冷たく言った。

「本当に、私のことは気にしないで」

が、久美子も引き下がらない。

「……陽子、あんた、もしかして知らないの?」

脅そうとでもいうのか、久美子は、今度は怪談をする芸人のようにいかにもおどろおどろしい調子で言った。

「陽子、マジで知らないんだ……」

そんな風に言われたら、気になる。私は、不本意だが、垂れ下がった餌に食いつく形で言った。

「……なにを?」

「陽子。あなた、殺害予告されてんのよ?」

「え?」

「だから、殺害予告」

「……意味、分かんないんだけど」

「とにかく、今すぐ、ネットを見てみて。……そして、自分の名前を検索してみて」

スマートフォンはそのままで、私はバッグの中からタブレットを引きずり出した。そして、自分の名前を検索。

トップにあったのは、あるブログだった。アクセスしてみると……。

『小説家の永福陽子は、私のことをことごとく無視した。……近日中に天罰を下します』

な、なにこれ？　……しかも、「永福陽子」って、本名じゃないか！

ブログの日付を見ると、2017/12/02。この記事が投稿されたのは、今日のことだ。

「どう、殺害予告、見た？」

「……なんで？」

「私も、さっき、見つけたのよ。ブログの内容がツイッターで拡散されていて、それで、検索サイトの上位に一気に駆け上がったみたい」

「いや、そういうことじゃなくて。……どういうこと？」

「そんなの、こっちが聞きたい。陽子、ブログの主に心当たりは？」

「ない」

「陽子、よく思い出して。あなた、誰かから恨みを買ってない？」

「え？　恨み？」

「……不倫とか」

「不倫？　バカ言わないでよ。私、結婚してないんだよ？　だから、不倫だなんて」

「バカ言っているのはどっちよ。あんたが未婚だったとしても、相手が既婚者だったら、〝不倫〟なのよ」

「あ」ケンちゃん。

「やっぱり、心当たりあるんだ」

「でも、でも、結婚は破綻しているって。じきに離婚するって、そうケンちゃんが──」

「ケンちゃん？」

「………」

「ああ、やっぱり、そういうことか」

「なに？」

「陽子、あなた、あの男と──」

B面

23

「ね、ヨーコ。あなた、金城さんと付き合ってたりする？」

突然、そんなことを言われて、私の箸が大きく跳ねる。

「えぇぇ？　金城さんて？」とぼけてみるも、箸を持つ手が、微妙に震えている。

「ああ、金城さん。〝六本木サロン〟にいた人？」

とぼけ続けるのは無理だと咄嗟に判断した私は、その名を知ることを早々に白状した。

「で、その金城さんがどうしたの？」

「彼、私の彼だったのよ」

「え？」箸を持つ手が、固まる。

「今は、別れちゃったけど。……結婚する予定だった」

真由美は、左手薬指をさすりながら言った。その指には、今はもう、なにもない。

「え、どういうこと？」

無理に笑ってみたが、箸を持つ手が再び震え出す。それは次第に激しさを増し、私は箸を膳に戻した。そして、左手で右手を押さえるように、テーブルの上で組んだ。

「だから、金城賢作は、私の婚約者だったのよ」

「え？」

「もっと嚙み砕いて言うと……体の関係があったってこと」

真由美は、声を潜めることなく、そんなことを言い出した。

テーブルの上で組んだ私の両手が、がくがくと震える。

「えぇ？　こんな真昼間から、下ネタ？」

私はなおもとぼけてみるが、唇にまで震えが伝播したのか、言葉がうまく紡げない。笑いでこの場をしのごうとするが、顔も引きつってしまったのか、表情をうまく作れない。

そんな私を楽しむかのように、真由美は続けた。

「はじめてそういう関係になったのは、裕子の部屋で」

「………」

「去年の春だったかな。ある日の朝方、裕子から突然電話があって呼び出されたの」

真由美も？　という言葉が出そうになったが、私はその言葉を呑み込んだ。

「……で、六本木のあの部屋に行ったら、裕子はいなくてさ。金城さんだけいて。……で、なりゆきで、関係を持った。そのあとも関係は続いて。……体の関係は、もう百回は超えるかな」

真由美は、声のトーンを上げた。周囲の視線が、あちこちから飛んでくる。私はその視線をかわすように、身を竦めた。なのに、真由美は止まらない。

「金城さんって、性欲、すごいじゃん？　一度はじめると、立て続けに、二度、三度と。ほんと、体がもたないって」

「真由美、もうその話は――」

「たぶん、金城さんって、異常性欲者なんだと思う。だから、私もその点は割り切っていたんだよね。数多いセフレの一人だって。でも、指輪とか買ってくれてさ。ブルガリの指輪。百万円はしたかな。そんなのもらったらさ、結婚するもんだと思うじゃん？　でも、彼の浮気は止まらなくてさ。……裕子とも続いていてさ」

「……今も、裕子さんと？」

「え？　まさかと思うけど、知らなかったの？　あの二人は、仕事のパートナー兼、体のパートナーでもあるのよ。まあ、あの二人の関係は長そうだから、黙認していたんだけどね。でも、いつかは別れてくれたらいいな……って。そんなようなことをそれとなく言ったら、私のほうが捨てられた。……あんなに尽くしたのに。……あんな、あんなことまでしたのに。

……捨てられた」

「…………」

「その後釜に座ったのが、ヨーコ、あんたってわけ」

「……そんな、……私は……なにも……」

「とぼけないで。っていうか、私が気づかなかったとでも？　気がついてたに決まってんじゃん！」

真由美の声が、ますますヒートアップする。真由美は周りの視線など気にしている様子はない。いや、周りに聞かせようとしているようにも見える。まさに、食堂の社員を観客にした独演会。

「今でもよく覚えているよ。〝六本木サロン〟にあんたをはじめて連れて行った日のこと。あんたったら、目をハートにしちゃってさ。金城さんのことばかり見てたじゃん。金城さんもそれに気がついたから、あんたをターゲットに定めたんだよ」

「ターゲット？」

「だから、金蔓。カ・ネ・ヅ・ル」

「……金蔓？」

バカみたいに鸚鵡返しする私に、真由美は業を煮やしたようだった。

「ああ、ほんと、あんたって鈍感でイライラする。〝ヨーコ〟っていう名前って、みんなそうなのかしら？　中学校時代にクラスにいた〝ヨーコ〟もそうだった。……っていうか、私の周り、〝ヨーコ〟だらけ！　ま、それも仕方ないか。〝ヨーコ〟って、私の世代では、一番多い名前だからさ」

真由美は、ここでようやく、フォークを握りしめ、シーフードパスタをその先に絡めた。そして、今度は、聞き取れないような声で独り言のように言った。

「……中学校時代といえば。……今度、同窓会があんだよね。あーあ、めんどくさい。結婚してないの、私だけかも。きっと、バカにされる。結婚もしてないで派遣だなんて。……負け組の烙印を押されるだけだよ。あーあ、ほんと、いやんなる」

そして、フォークに巻きつけた大量のパスタを、無理やり口に押し込んだ。

真由美は、それをよく嚙みもせず飲み込むと、

「……まあ、いずれにしても」

と、再びフォークをくるくる回しながら、上目遣いで言った。

「ヨーコ、あんた、金城さんに遊ばれているだけだから。本気にならないほうがいいよ。利用価値がなくなったら、捨てられるだけ。私みたいにさ」

黙っていると、真由美はなおも続けた。

「繰り返すけど、金城さんにとって、あなたは金蔓でしかないから。そこんとこ、ちゃん

と理解しておいたほうがいいよ。裕子だって、金蔓の一人なんだから」

「……え？　裕子さんが？」

「〝レディーユウユウ〟っていうハンドルネームで、裕子がブログやっているの知ってる？」

〝レディーユウユウ〟って、裕子さんのことだったんだ。

「あれをプロデュースしたのは、金城さん」

「え？」

「あなたのブログだって、金城さんがプロデュースしてんでしょう？」

「…………」

「また、だんまり？」


通販会社G社事務センター、社員食堂。

五月になっていた。

翔は中学二年生になり、夫は課長に昇進した。

私はといえば相変わらずの、パート勤務。が、このパートも今月までだ。辞表は出している。

その理由を挙げろと言われれば、いろいろとある。そのひとつが、この視線だ。

食堂のあちこちから飛んでくるこの視線。

そう、私は、すっかり有名人になっていた。いい意味でも悪い意味でも。

ブログは順調で、そのアクセス数は一日平均二万。が、その代償も大きく、こうやっていつでも好奇の視線に晒されるようになった。この視線の持ち主の何人かは、きっと、ネットの匿名掲示板で私の悪口を書き込んでいるのだろう。まさに、針のむしろ。

でも、辞表を出した一番の理由は、そんなことではない。一番の理由は……もうここにいる必要がないからだ。

ブログの広告収入だけで、月に平均五十万円。パートの稼ぎの四倍だ。それだけじゃない。クイズ番組に出たことをきっかけに、テレビや雑誌の仕事も入るようになり、今月はすでに三本のテレビ番組と二本の取材を受けている。自分でも信じられないが、今やすっかり、時の人だ。

「……で、稼いだお金は、どうしているの？」

真由美が、シーフードパスタをフォークに絡めながら、意地悪な視線を飛ばしてきた。

私が辞表を出した理由のひとつだ。真由美の、この視線がたまらなくイヤだった。

出会った頃は、真由美を「親友」になり得る大切な人だと思っていた。真由美はいつでも親切で優しく、そして寛大だった。でも、今思えば、それは、派遣社員とパートという関係性だったからだろう。そう、真由美は私のことを格下だと思っていたから、優しかったのだ。……私は、見下されていたのだ。

『広告代理店に勤めている旦那さんを持って、高台のマンションに住んでいるからといって、勝ち組とは思わない。あの人はかわいそうな人よ。だって、パートなんていう、中途半端なことしかできないんだから。特別な資質も能力もなく、仕事に責任を持つこともなく、やりがいを感じることなく、ただ、その時間だけお金のために労力を売る。……まるで、売春ですよ。私から言わせれば、主婦売春と同じ。……憐れよね』

そんな悪口を匿名掲示板に書かれたことがあったが、それを書き込んだのはたぶん、真由美だろう。

「憐れよね」これは、真由美の口癖だ。あの掲示板のすべてとは言わないが、ほとんどが真由美の書き込みだろう。真由美は、いくつもの人格を使い分けて、私の悪口を書き込んでいるのだ。……そんな執着心のほうが、よほど〝憐れ〟だ。

「で、稼いだお金は、どうしているの？」真由美が、質問を繰り返す。

「……マネージメント？　マネージメントをしてくれる人がいて――」適当に誤魔化したが、

「マネージメント？　……だから、それ、金城さんでしょう？」

真由美は、改めてその名前を出した。

「ね、真面目な話。あの男には本気にならないほうがいいよ？　私みたいなことになる」

「真由美みたいなこと？」

「誰にも言わないでくれる？」真由美が声をひそめた。

「……うん、分かった」

「私、金城に言われてね。この会社の顧客データ、三十万件ほど渡したんだ」

「え……」

「で、金城はそのデータを名簿屋に売り渡した……と」

「………」

「金城は、本当に悪い男だよ。だから、早く切れたほうがいい」

＋

ええ、そうね。真由美の忠告は正しい。

だから、私、金城さんとはとっくの昔に別れたのよ。

「ヨーコ、また、テレビの依頼が入ったよ、どうする？」

そう言いながら振り返ったのは、夫だった。

「どこのテレビ？」

私は、食洗機に食器を次々と放り込みながら言った。先月取り付けた食洗機、高いだけあって、いい仕事をする。今では、シンクが食器の山……なんてことはない。

「ＮＫＪテレビ」夫が、スマートフォンを片手に、キッチンまでやってきた。「『ポンコツさんに正解を』という、昼帯のクイズ番組。結構、視聴率いい番組だよ。それに、ＮＫＪテレビはギャラもいいし」

夫が、マネージャーの顔でそんなことを言う。

そう、私のマネージャーは、夫だった。

真由美が心配していた通り、金城賢作は私を金蔓にしようとしていた。ブログを立ち上げさせ、それを炎上させ、広告収入を荒稼ぎしようというのがあの男の魂胆だった。

それを見抜いたのは夫で、夫が言うには、金城賢作という男はその筋では有名な〝詐欺師〟なんだそうだ。有名人の名前を出して人を集めては、金を騙し取る。

「その証拠に、森塚アキラが来る……なんて言っておきながら、あの日、森塚アキラは来なかったんだぜ？」夫は舌打ちした。

さらに夫は言った。……その片棒を担いでいたのが、裕子さん。あの〝六本木サロン〟はまさに、金蔓をかき集めるための舞台装置にすぎない。

あの豪華な部屋だってレンタルだそうだ。部屋だけではない。数々のブランド品も、すべてレンタル、それか盗品。

私の代わりに〝六本木サロン〟に参加したとき、夫はそれらの嘘を一瞬にして見抜いたそうだ。私が金城の口車に乗りブログをはじめてしばらくした後、夫は言った。

「騙されるな」

普段はぼんやりしている夫だが、こういうときはひどく頼もしい。夫は、金城の嘘とそれまでの罪を次々と暴き、私の目を覚まさせてくれた。だから、私もすべてを白状した。金城と体の関係を持ってしまったことを。夫はしばらく口を閉ざしたが、

「……ごめん」とぽつりと言った。

「俺が、君を追い詰めてしまっていたのかもしれないね。だから、君の心に隙ができてしまって、金城みたいな男に――」

そして、私を抱き寄せた。

雨降って地固まるとはよく言ったもんだ。それまでの冷たい距離が嘘のように、私たち夫婦の絆は堅固なものとなった。

思い起こせば、会ったその日に恋をした相手だ。そう、一目惚れ。二年の片思いを経て、猛アタックの末、ようやく結婚にこぎ着けたのだ。……今だって、嫌いになったわけではない。むしろ、大好きだ。が、結婚してから夫はよそよそしく、子供ができてもどこか他人事で、このマンションを購入したときだって「好きにすれば？」という冷たさ。いつか自分は捨てられるんじゃないか？　という不安が私をいつだって苛立たせ、そしてついには、〝不倫〟などという愚かな行為を選択させてしまったのだ。

でも、これも、試練のひとつだったのだろう。私たち夫婦が、本物のパートナー同士に

なるための。

そう、今では、私たちは理想的なパートナー同士だ。夫婦としてはもちろん、仕事の上でも。

「せっかくだから、ブログ、続けなよ」

夫は言った。

「金城はとんでもないヤツだけど、金を生み出すセンスはある。その証拠に、ブログを開設してあっという間に、こんなにアクセス数を伸ばしたじゃないか。ここまできて、閉じるのはもったいないよ」

夫は、広告代理店の社員だ。ブログのアクセス数を増やすのがどれほど難しいかはよく承知している。

「アクセス数を稼ぐために、企業なら何千万と金をつぎ込むんだぜ？　アクセス数は、いわば、財産だよ。そんな財産を放棄するなんて、黙って見てられないよ」

でも、このまま嘘のブログを続けていく自信はない。しかも、炎上しっぱなしのブログなんて。

「それでも、広告収入のことを考えれば、へでもないよ。……な、このまま、続けよう。そしてさ、もっと都心にマンションを買おうよ。ここはいいところだけどさ、やっぱ、会社から遠くてさ、不便なんだよね。せめて世田谷区あたりに、マンション買おうよ」

世田谷に……マンション？

「そうだよ。今度こそ、君の理想のキッチンにするんだよ」

そのとき、夫が持ってきたのはマンションのチラシだった。世田谷アドレス、100平米、アイランドキッチン。……まさに、理想的な部屋だった。……でも、一億円超え。

「君のビジネスが成功したら、夢ではないよ。俺がサポートするからさ。だから、ブログ、続けなよ」

あれから、二ヶ月。

私の口座には、信じられないぐらいの大金が次々と入金されていく。ブログの広告収入はもちろんのこと、やはり大きいのはテレビだ。先月は三本のテレビに出たが、その入金は五十万円を超えていた。

「なんだかんだ言ってさ、まだまだテレビっていうメディアは巨大なんだよ。動く金が違う。今後は、テレビを中心に仕事をしたほうがいいよ」

夫が、後ろから、私の肩を抱き竦めた。

「それにしても、君にこんなタレント性があったなんてね」

「タレント性だなんて。私、芸人さんにいじられてばかり」

「いじられキャラも、才能なんだよ。……それにしても、悔しいな。君のこの才能を金城は見抜いたっていうのにさ」

「金城のことはやめてよ」

「なんで、俺は、見抜けなかったんだろうな。ほんと、自分が恨めしいよ」

「金城は、手当たり次第だったのよ。私以外にも、いろんな女に手を出しては、金蔓にしようとしていた。真由美だって——」

「真由美？」

「パート先の派遣さん」

「パートは、もう辞めるんだろう？」

「うん、今月末まで」

「明日にでも、辞めちゃいなよ」

「駄目よ、けじめはつけないと。それでなくても、みんな私のことを色眼鏡で見ている。これで中途半端に辞めたら、さらに何か言われる」

「そんなの気にすることないよ。君はその職場からいなくなるんだからさ。自分がいないところで何を言われても、平気だろう？」

「そんなことはない。今は、ネットがあるもの。今だっていろいろと書かれているのに、さらに書かれる」

「いいじゃない。そいつらが悪口を書き込めば書き込むほど注目が集まって、俺たちの懐（ふところ）に金が入ってくるんだから。みんなには、もっともっと悪口を書いてもらいなよ」

「もう、何言ってんのよ。書かれる身にもなって」

「俺は、全然平気だよ。それで金になるんだったら。……それで、都心のマンションを買えるんだったら、むしろ嬉しいよ」

夫は、壁に視線を送った。そこには、夫が貼り付けたマンションのチラシが数枚。どれも都心の高級マンションで、以前だったらとても手の届かない億ションばかりだった。

「この調子でいけば、マジで買えるかもしれないね、億ション」

夫が、嬉しそうに言った。その顔は、いかにも幸福に満ちている。

……でも、なんだろう。夫のこんな顔を見ていると、ふと不安が過る。こんなに幸せでいいんだろうか？　という不安だ。

幸福な者がいる一方で、不幸な者がいるのがこの世だ。私たちが今こうして幸せを謳歌している間にも、不幸せの沼で溺れかけている人もいるのだ。

いや、それは、もしかしたら、明日の自分かもしれない。

今、こうしているうちにも、不幸せの沼がじわじわと足元に広がっていっているんじゃないか。そして、その沼から手が伸びてきて、引きずり込まれるんじゃないか？

そんな感覚が、ここのところ、ずっと続いている。

「いや……」

私は、夫にしがみついた。

「どうしたの？」

「なんか、怖くて」

「なにが、怖いの？」

「なんだかよく分からないんだけど、……誰かにずっと見られているような気がするのよ」

「誰に？」

「誰って――」

ふと、視界に入ったのは、壁にかけてある姿見だった。それに映し出されている、私自身の姿。

……私が、じっと、こちらを見ている。

向こう側から、もう一人の私が、じっとこちらを窺っている。

「どうしたんだ？　ヨーコ？　ヨーコ、聞いてる？」

Ａ面

24

「陽子、聞いてる？　陽子ったら」

耳元で、蟬のようにけたたましく騒いでいるのは、久美子の声だった。私は、スマートフォンを握り直した。

「私、一緒にいてあげようか？」

一緒にいてあげようか？　……笑わせる。っていうか、そんなの、久美子のキャラじゃない。下心が見え見えだ。なんだかんだと口実を作って私の傍にいて、そしてなにかネタを見つけ出そうとしているだけじゃない。

「私は、大丈夫。殺害予告なんて……ただの悪戯だから」

「悪戯でも、こんな悪質なイタズラ。警察に通報したほうがいいよ」

「警察?」

「そう、警察。私が、一緒に行ってあげようか?」

また、これだ。きっと、久美子の後ろには、フリー記者だという男がいるに違いない。その男に操られる久美子の姿が浮かび、少し、憐れにもなる。

「本当に、大丈夫だから」

そして、私は一方的に電話を切った。

が、本音をいえば、大丈夫なわけがない。


家に戻っても、心はざわつくばかりだった。時計を見ると、十一時二十三分。……今日が終わろうとしている。

いったい、誰が殺害予告なんて。裕子と真由美が立て続けに殺されて、そんなときに殺害予告だなんて。ただの悪戯なわけないいじゃない。これは、犯人からの予告かも? 連続殺人犯からの?

それとも。まさか、……彼の奥さん? そんな疑念が過り、私は、ケンちゃんの電話番号を表示させた。

ケンちゃんは、ワンコールで出た。

「ね、今、どこ？　今すぐ、会いたいの」

「ああ、俺も、電話しようと思ってた」

「……ね、奥さんとは別れるんだよね？　うまくいってないんだよね？」

「なに、どうしたの？」

「ううん……ごめんなさい。……今から、会えない？」

「ごめん、今は無理なんだ。どうしても外せない会議があって」

「土曜日なのに？　深夜なのに？」

「うん。昨日からずっと徹夜なんだ。……明日の朝じゃだめ？」

「明日の朝？　でも、明日は生放送が入っちゃったの。『それ行け！　サンデーモーニング』」

「『それ行け！　サンデーモーニング』だったら、ＮＫＪテレビ紀尾井町スタジオだね。……じゃ、生放送が終わった後に……」

堰き止めていた私の感情がついに爆発した。

「いや、それまで待てない！」

「どうした？」

「本番がはじまる前に、ちょっとでも会えない？　メイクが終わった頃、私、抜け出すから。いつものところで待っている。いつものカラオケ店で。朝の六時に――」

B面

25

昼食後、腹ごなしに散歩でもしようとマンションのエントランスを出たとき、

「大森さん！」

声をかけられたような気がして、私は立ち止まった。が、誰もいない。気のせいかと歩きはじめたところ、

「大森さん！　……ヨーコさん！」

と、今度ははっきりと聞こえた。

声は、上からする。視線を上げると、ベランダから中河さんが手を振っている。

「ね、ちょっと、うちに寄らない？」

十一月も終わろうとしている。

このマンションとも、じきにおさらばだ。だからといって、近所付き合いをおざなりにしては、また、何を言われるか分からない。それでなくても最近は、ブログでも匿名掲示板でも、炎上続き。夫は喜んでいるが、私の気分は落ち込むばかり。

「ね？　美味しいロールケーキがあるわよ？」

昼食をとったばかりだが、デザートは別腹。私は、中河さんの誘いに乗った。

部屋に上がると、早速、トイプードルのレモンちゃんがお出迎え。……冬毛のせいだろうか？　少し太った気がする。

「ね……最近、なにか異臭がしない？」中河さんが唐突に言った。

「え？」

「排水口の洗浄、したばかりなのに、なんか臭う気がするの」

「ああ、言われてみれば。……確かに、ちょっと臭うかもしれませんね」

でも、もうそんなの関係ない。だって、私、来年には――。

「ヨーコさん、引っ越されるんですって？」

「え？」なんで、その話を。まだ、誰にも言ってないのに。もしかして、夫？　それとも翔が？　……ああ、翔かもしれない。あの子は中河さんに懐いている。

「……でも、まだ、先の話なんです。引っ越し先が完成するのは、来年なので」

とぼけても無駄だと判断した私は、素直に白状した。

「今度のマンションは、世田谷区なんですってね」

なんで、そんなことまで。

「ええ、まあ」私は、咄嗟に苦笑いをしてみせた。「でも、小さなマンションなんですよ。今より、小さいの。私は今のところがいいって言ったんだけど、主人が会社の近くがいいって聞かなくて、それで——」

まったくの嘘だった。規模は確かにここより小さいが、すべての部屋が一億円以上する、いわゆる億ションだ。しかも、世田谷区は成城。駅からも近い一等地。が、そんなことを言ったところで、いやらしい自慢にしかならない。

「……そうね。職場からは近いほうがなにかと便利だものね。しかも、成城。いいところよね」

中河さんは、なにもかもお見通しのようだった。

教師に嘘を見抜かれた生徒の心境で、「……すみません」と、私はうなだれた。

「いやだ、なんで謝るの」

苦笑いを続ける私に、

「いいじゃない。もっと自慢しちゃいなさいよ。都心に億ションを買ったのよ！　私の稼ぎで！　って。それとも、これからもずっと、そんな薄っぺらい嘘をつき続ける気？　そんなの、謙遜にもならないわよ。嘘をつかれた側からすれば、ただの、厭味よ」

「……すみません」

「だから、謝らないで。私、ヨーコさんのこと、羨ましいとも妬ましいとも思ってないんだから」

「………」

「ただ、憐れだな……とは思っている」

思いもよらないことを言われてきょとんとする私に、中河さんはティーカップを差し出しながら言った。

「あ、ごめんなさい。なんだか、上から目線なことを言っちゃって。……でも、今日こそは、本当のことを言っておかなくちゃって思って、だから、お呼びしたの」

「本当のこと？」

「ヨーコさん、まさか、まだ気がついてないの？　それとも、気がついてるんだけど気がついてない振りをしているの？」

「どういうことですか？」

「あなたの旦那さんのこと」

「え？」

「あなたの旦那さん、……浮気しているわよ」

「浮気？」

「そう。一年も前から。……私、見ちゃったのよ。あなたの旦那さんが、赤坂で女の人と一緒にお茶を飲んでいたところを」

「……一年前？ 赤坂？」

「今も、たぶん、続いていると思う」

「……まさか」

「……旦那さん、いかにも女性にモテる感じだものね。しかも、広告代理店勤め。女が放っておかないわよ。……ヨーコさん、そんな人を旦那にじちゃって、憐れだな……って。ああ、ごめんなさい。また、上から目線で言っちゃって。……なんか、ヨーコさんを見ていると、私の母親を思い出しちゃって。うちの母も、父の女関係に随分と悩まされてきたのよ。そして、ついには、逮捕されちゃった」

言いながら、中河さんが、生クリームたっぷりのロールケーキを切り分けていく。

「逮捕……されたんですか？」

「そう。父の愛人を刺し殺しちゃってね。しかも、母が服役中に父は別の女と再婚。それを聞いた母は、獄中で自殺。……憐れな一生よ」

トイプードルのレモンちゃんが、とことこと中河さんの膝元にやってくる。

「もう、レモンちゃんたら。ダメだからね。あなた、太りすぎなんだから」

と言いながらも、ロールケーキの端っこをつまむと、それをレモンちゃんの口元にあてがう。

「だからね、私、ヨーコさんには、うちの母みたいにはなってほしくなくて。だから、あえて、今まで黙っていたんだけど。でも、もう我慢できなくなっちゃった。私、また見たのよ、あなたの旦那さんが、その女といるところを」

「それは、いつ？」

「昨日。……十一月二十九日のことよ。私、仕事でたまたま赤坂に行ったんだけど。そこで、偶然、見かけたの」

A面

26

ＮＫＪテレビ紀尾井町スタジオ。

メイク室に案内されると、先客がいた。ボブカットの女性だ。

ああ、彼女は確か、『それ行け！　モーニング』のリポーターの一人だ。『それ行け！　サンデーモーニング』も掛け持ちしているようだ。

「あ、先生！」

案の定、椅子に座るなり、声をかけられた。

「あ、おはようございます――」

これ以上話しかけるな……とばかりに、私は、視線も合わさず小さく頭を下げた。が、そんな願いなど聞き入れるわけがないというように、リポーターは続けた。

「先生、大変でしたねぇ。お友達がお二人も」

「ええ、まあ」

「これって、やっぱ、連続殺人事件っていうやつでしょうかぁ？」

「……さあ、どうなんでしょう？」

「先生まで、殺害予告されちゃって」

「…………」

「聞いた話だと、最初に殺害された喜多見裕子さん、頭部がまだ見つかってないんですって」

「え？」

「これがミステリードラマとかだったら、頭部がない死体って、たいがい、ミスリードってことですよね？」

「どういう――」

「ですから、喜多見裕子さんと見せかけて、殺されたのは、実は違う人」

「違う人？」

「頭部がないばかりか、四肢もバラバラにされて。ただ、着ていた服が喜多見裕子さんのものだったから被害者は喜多見裕子さんってことになっているだけで」

「つまり、……裕子は生きているってこと？」

「そういう可能性もありますね。しかもですよ。今回殺害された笹谷真由美さんの頭部も見つかってないらしいんですよ！」

「そうなの？」

「はい。警察関係者にカマをかけて聞き出したので、間違いありません。……つまり、首なし死体が二つも！　しかも、その二人は顔見知り。これは、間違いなく、同一犯の仕業ですね！」

リポーターは、いかにもワクワクした様子で声を上げた。が、不謹慎であることに気がついたのか、はっと口を閉ざした。

「……いずれにしても、お気をつけくださいね、先生」

と、とってつけたように言うと、ふと、視線を外した。その先には、テレビモニター。

……クイズ番組が流れている。

え？　このクイズ番組。

……そうだ。これは、いつかの夢の中で出てきたクイズ番組。

どういうこと？

これは、夢？

私、夢を見ているの？

……すべて、夢なの？

……すべて、夢なの？

B面

27

「あなたの旦那さん、浮気しているわよ。間違いなく、浮気している」

中河さんの言葉が、津波のように押し寄せてくる。

私は、じりじりと身を後退させた。

中河さん、もしかして、ちょっとヤバい人？

私は勢いをつけて立ち上がると、

「あ、私、もう失礼します」

と、早足で玄関に向かった。

が、獲物は逃がさないとばかりに、レモンちゃんが私の足にすがりついてくる。

それを追い払おうとしたとき、中河さんの手が私の肩を捕まえた。

「あなたの旦那さん、間違いなく、浮気しているわよ」

……夫が、浮気をしている？

まさか、そんなこと。私たちは、うまくいっているのよ。浮気なんかするはずない。

でも。

家に戻っても、私は心ここに在らず状態で玄関に立ち竦んだ。

「……あの人が、浮気？」

声に出してみると、じわじわと実感が伴うから不思議だ。

そうだ。違和感はあったんだ。ここのところ、夫から知らない〝香り〟がしていた。スマートフォンをいつでもどこでも持ち歩いて、着信音が鳴ると、一瞬、悪戯が見つかった子供のように視線がさまよう。そしてスマートフォンを握りしめ、「はい、はい、どうも、どうも」などと、いかにも仕事だというような素振りで、どこかに消える。

まさか。

相手は、裕子さん？

まさか。……でも。

そうだ、裕子さんのことだ。だって、夫は、裕子さんが主宰する〝六本木サロン〟に行ったことがある。そう、ちょうど去年の今頃。私の代わりに。

……ああ、いろいろと思い出してきた。去年のあの日、家に戻った夫は、どこか浮かない顔だった。なにか嫌なことがあったのかと、そのときは思ったのだが。……違う、その逆だ。夫は、なにかいいことがあると、それを隠そうとでもいうのか、それとも照れなのか、苦り切った表情を作ることがある。

そうだ。あの日、なにかあったのだ。夫にとって、いいことが。

香り。そうだ、あのとき、夫はなにか香りも纏っていた。てっきり、サロンで焚かれていたアロマが服に移ったのだろう……と思っていたが。

今思えば、あれは、〝アロマ〟というよりは、〝石鹼〟に近い香りだった。

「石鹼⁉」

私の口から、思わず声が漏れた。それは我ながら結構な大きさで、

「なに？」と、リビングから息子の翔が顔を覗かせた。

「ううん、なんでもない」

私は慌てて靴を脱ぐと、部屋に上がった。

「おなか、すいたでしょう？」

などと、無理に笑顔を作ってみるも、頬が凝り固まってうまく表情が作れない。私はそれを隠すように、息子から視線を逸らしながらキッチンに向かった。

「今、ご飯、作るから」

……が、キッチンに立っていても、私の意識は料理には向かわなかった。包丁を握りしめたものの、上の空。頭の中では、中河さんの声が鳴り響く。

……あなたの旦那さん、浮気しているわよ。

「嘘よ！」

ふいに言葉が飛び出してきた。

翔が、ぎょっとした顔でこちらを見ている。

見ると、包丁がまな板に突き刺さっている。

A面

28

「先生、……先生？」

声をかけられて、私ははっと我に返った。

ああ、そうだった。ここはＮＫＪテレビ紀尾井町スタジオのメイク室。

「先生、大丈夫ですか？」

そうしきりに声をかけてくるのは、隣に座るボブカットのリポーターだ。

「はい。……大丈夫です」私は、答えた。

「いえ。そうじゃなくて。……メイク、終わったようですけど？」

「え？」

見ると、背後にはもうメイクさんはいない。鏡を見ると、髪も顔も余所行きに仕上がっている。

「もう、メイクさん、行っちゃいましたけど?」

リポーターが、マスカラ片手に、きょとんとした顔でこちらを見ている。

「ああ。……テレビが。……クイズ番組が面白くて、つい」

私は、おもむろに、視線をテレビモニターのほうに向けた。

「ああ。『ポンコツさんに正解を』ですね。……面白いですか? 私はちょっと苦手ですぅ」

リポーターが、マスカラでまつ毛をちょいちょい押し上げながら言った。

「なんか、解答者が素人ばっかりで、盛り上がりに欠けるんですよね。……聞いた話だと、来年早々に打ち切りだそうですよ」

「……そ、そうなの?」

「でも、この時間に再放送してるんで、ついつい見ちゃうんですけどね」

「再放送なの、これ?」

「はい。本放送は、平日の午後一時から。で、再放送が、朝の五時から。……なんか、中途半端な時間ですよね。でも、この時間、結構中高年が見ているらしくて、視聴率、いいんですって。時には、本放送よりもいいときがあるんだとか」

「へー」

「他局でも、この時間には結構力を入れているんですよ。年寄り受けするクイズとか時代劇とか、昔のトレンディードラマとかを再放送しているんですよ」

「へー」

私は生返事を繰り返しながら、モニターを眺めた。

そういえば、前にこのスタジオに来たときも、控え室にテレビが置いてあって、何かが映し出されていた。……このクイズ番組だったのかしら？　……あ、だから、私、あんな夢を見たの？　〝向こう側の、ヨーコ〟の夢を。

「ね。前に私がここに来たときのこと、覚えている？」

「え？　ああ、はい。……十一月二十九日。四日前のことですよね？」

四日前。そうか、まだ四日しか経っていないのか。なんだかまるで、一年も二年も経っているような感じがする。

「そう、四日前。そのときも、このクイズ番組、再放送してた？」

「はい、してましたよ。四日前は……そうそう、主婦が解答者として出演していました。最近、テレビでちょくちょく見る主婦ブロガーですよ」

「主婦ブロガー？」

「知りません？　本来は素人の主婦なんですけどね、半年ぐらい前からテレビにもちょくちょく出るようになって。イジられキャラっていうんでしょうか？　芸人にいろいろとイジられて、そのリアクションがいかにも素人っぽくて、それで人気が出ているんです。……でも、来年にはもう消えているでしょうね。所詮、ぽっと出の素人ですよ。すでに、飽きられています」

リポーターは、悪意たっぷりに言葉を連ねていった。よほど、素人が人気者になっていることが気に入らないのだろう。

「ほんと、メディアも無責任ですよ。あんな素人を持ち上げるだけ持ち上げといて、あとはポイですからね。残酷な話です。あの主婦ブロガーも、来年にはどんなことになっているやら。……まったく、こんなクイズ番組を再放送するんなら、もっとニュース番組に力を入れればいいのに。昨日だって、殺人が三件もあったんですから。一日に三件ですよ？　そのうち二件はバラバラ殺人。もう異常ですよ」

「二件？　……真由美の他に、バラバラ殺人が？」

「八王子市のマンションでもバラバラ殺人があったみたいですよぉ」

「八王子のマンションでは、誰が殺されたの？　名前は？」

「名前ですか？　えっと、名前は――」

と、そのとき、ドアが開き、マネージャーらしき人物がリポーターのもとにやってきた。

しばらくこそこそ話が続いたあと、

「え？ 八王子のマンションで起きた事件、被害者はあの主婦ブロガーだったの？」

と、リポーターが興奮気味に声を上げた。

「うっわー、これは大きな事件じゃないですか！ もっと詳しく教えてよ！」

私の問いには答えないまま、リポーターがポーチを片手にすっくと立ち上がる。そして、フレアスカートを軽やかに揺らしながら、マネージャーと共に小走りで部屋から出ていった。

入れ替わりにやってきたのは、大井純子だった。

「陽子、大丈夫？」

「え？」

さっきから、なんだか心配されっ放しだ。

「なによ、大丈夫に決まっているじゃない」私は、大袈裟に胸を張ってみせた。

「陽子ったら、また、そんなに強がって」

「強がってなんかないわよ」

「いいから、今日はもう帰りなさいよ」

「え？ でも、生放送が……」

「陽子の出演は、中止になった」

「なんで？」

「上から、中止の指示が出たのよ。殺害予告が出ている人物をテレビ出演させるわけにはいかないってね。身の安全が最優先だって」

「でも、あんなの、ただの悪戯に決まっているじゃない」

「ただの悪戯では、もう済まないところまできているのよ」

「どういうこと？」

「例の殺害予告が、またアップされたのよ」

言いながら、純子はタブレットを私に差し出した。そこには、なにやら物騒な言葉が連なっている。


永福陽子は悪党です。私の人生をめちゃくちゃにしました。許しません。天誅を下します。……殺します。


「……やだ、なに、これ」

顔がかぁぁと熱くなる。と思ったら、一気に汗が噴き出してきた。

「ね、陽子。心当たりはないの？」

どこから持ってきたのか、純子はパイプ椅子を広げると、そこにゆっくりと腰掛けた。

「ね、心当たり、あるんでしょう？」

純子の問いに、私は静かに頷いた。そして、言った。

「ストーキングされているのよ、私」

「ストーキング？」

「そう、ネットに、ずっと悪口を書かれていた。出版社にも手紙が送られてきていて。……でも、よくあることよ。こういう商売をしていると」

「どういうこと？」

「読者よ。……かつては私のファンだった人だと思う。でも、なにかしらの理由でアンチになっちゃったみたいで。……それでずっと悪口を。……もう、かれこれ五年ぐらいよ」

「そんなに長く？」

「熱心な読者がアンチになることはよくあるって、編集者も言っていた。下手に騒ぐとますます火に油を注ぐことになるから、静観（スルー）したほうがいいって」

「そうだったんだ」

「でも、もうここまできたら、静観（スルー）なんてしていられない。警察に——」

「ちょっと、待って」

純子が、私の手に自身の手を重ねてきた。

「……ね、陽子。金城賢作って人、知らない？」

B面

29

金城賢作から電話があったのは、その翌日の深夜のことだった。十二月一日……いいや、日付が変わって十二月二日の零時過ぎ。

夫は、まだ帰ってこない。

息子の翔も夕飯を平らげると早々に自室に引きこもり、リビングに私一人が残されていた。

そんなとき、スマートフォンの着信音が鳴った。ディスプレイに表示されているのは、〝金城賢作〟。……スマートフォンのアドレス帳からその名前をまだ削除していなかった自分に、少し驚く。もう、気持ちなんか少しもないのに。もっといえば、思い出したくもない名前だ。

なのに、私はその電話に出た。

「久しぶり」

金城賢作の声に、少しだけ気持ちが揺さぶられる。未練？……違う、嫌悪だ。

「元気だった？」

一時は、この声を聞きたくて、ずっとスマートフォンを握りしめていたこともあった。が、今となっては、そんな思い出ごとデリートしてしまいたい。

「今日は、なんでしょうか？」

私は、慇懃無礼なオペレーターのように、機械的に答えた。

「ご活躍だね」

「ありがとうございます」

「否定、しないんだね」

「どういうことでしょうか？」

「以前の君だったら、『全然、そんなことありません。活躍なんか、してません』……なんて答えていただろうに」

「そうでしょうか」

「まあ、いいことだよ。それだけ、自信がついたってことなんだろうから。以前の君は、どこかおどおどしていて、危うかった。そのせいか、物欲しそうな目で世間を見ていたっけ」

物欲しそうな目？　かちんときたが、私は無視を決め込んだ。

「裕子に対してもさ。『なんでこんな女が、こんないい思いをしているの？　こんな贅沢な暮らしを？』っていう目で見ていたよね」

「…………」

「君と裕子は似ているよ。無い物ねだり……という点でね」

無い物ねだり？　ますますかちんときたが、私は努めて平静を装った。

「それで、今日はなんでしょうか？」

「いや、それがね……」金城賢作の言葉が、濁る。「話そうかどうか、ずっと迷っていたんだけどさ。……だって、なんか、告げ口みたいな感じだからさ」

「だから、なんでしょう？」

「君の旦那さんのことなんだけどね」

「夫が、どうしたんですか？」顔が、かぁぁぁと熱くなる。「やっぱり、あの人、裕子さんと？」声が震える。

「……いや、えっと」

金城賢作が、焦らすようにさらに言葉を濁らせた。

「なにか、知っているんですね？　金城さん、なにか知っているんですね？」

「まあ。……なんていうか」

「金城さん！」

「とりあえず、会わない？　今から」

「今から？」

時計を見ると、午前零時を十五分ほど過ぎたところだ。

「そう、今から。来られる？」

「でも」

「旦那さん、まだ帰ってないんだろう？」

「え？」なんで、そのことを。……やっぱり、この人、夫のことをなにか知っている。

「来たほうがいいと思うよ。君のためにも」

「私のためにも？」

「……っていうかさ。……はぁ」

金城賢作が、どこか呆れたように息を吐き出した。その糸を引きそうな息遣いに、私はスマートフォンを耳から少しだけ離した。

「もしかして、君、知らないの？」

「なにがでしょう？」

「ニュースとか、見てないの？」

「ニュース？」

「そう。……ネットを見てご覧よ。それか、テレビ。今も、どこかのチャンネルでやっているんじゃないか？」

なにを言っているの？　この人は。なんなのよ、この勿体ぶった言い方は。それに、このねちょっとした声。ああ、本当に虫酸が走る。こんなやつに抱かれたかと思うと、こんなやつに愛撫されたかと思うと、体中の皮膚を剥がしてしまいたくなる。

ああ、ムズムズする！

私は、体のあちこちを掻きながら、テレビのリモコンを探した。

翔がどこかにやってしまったのか、なかなか見つからない。

一方、耳元では金城賢作のいやったらしい息遣いが続いている。

胸がぞわぞわとムカついてきて、私は思わず、叫んだ。

「なんなのよ！　はっきり言いなさいよ！」

私の剣幕に押されたのか、金城賢作は一瞬息を止めると、静かに言った。

「裕子が。……喜多見裕子が、バラバラ死体で見つかったんだよ。殺されたんだよ」

は？

金城賢作の言葉を、はじめはよく理解できなかった。

間を要した。

頭の中で、単語が無秩序に飛び交う。それがちゃんとした文章になるには、数秒ほど時間を要した。

殺された。裕子。バラバラ死体。

「裕子さんが、殺された？　しかも、バラバラに解体されたってこと？」

それを声にしてみて、私は初めて、事の恐ろしさを理解した。

「そう、裕子が殺害されたんだ。殺害されたのは十一月二十九日らしい。そして十一月三十日の未明に六本木のマンションで、バラバラ死体で見つかったんだよ」

「六本木のマンションって。……〝六本木サロン〟を開いていたあの高級マンション？」

「いや、違う。あのマンションの部屋はレンタルスタジオ。裕子が住んでいたのは、裏路地にある築五十年の小さなマンション。そのゴミ置きで、死体で発見された。しかも、裕子は、君の服を着ていたそうだ」

「私の服？」

「ほら、覚えてない？　君が朝早く裕子に呼び出された日のこと」

忘れようったって、忘れられない。悪い意味でもいい意味でも、私の人生が一転した分岐点だ。悪い意味とは、いうまでもなく金城賢作と体の関係を持ってしまったことだ。いい意味とは、そのことがきっかけで私はブログをはじめ、それが数々のラッキーを運んできている。

「あの日、君、裕子に服をもらっただろう?」

「……ええ。ワンピース」

もっとも、そのワンピースは、帰りの車で粗相して、ダメにしてしまったが。

「あのワンピースがなにか?」

「違うよ。問題はそっちじゃない。君があの部屋に置いていった、君の私服だよ」

言う通り、私は着てきた服を、あの部屋に置いてきた。

「その服を、着ていたみたいなんだよ」

「裕子さんが?」

「そうだ。死体で発見されたとき、裕子は君の服を着ていたんだよ!」

「裕子さんが、私の服を――」

足先から言い知れぬ不安が次々とせり上がってきて、膝が、がくがくと頽い。

「なんで? なんで、裕子さんは私の服を?」

「深い理由はないと思う。裕子、単純にあの服を気に入っていたんだろう」

「あんなのを?」

「裕子のやつ、あの服をヘビロテしていたよ」

「信じられない。あの裕子さんが、あんなダサい服を」

「裕子のお気に入りの部屋着だった」

部屋着？

「あの部屋着で、よくゴミを捨てに行ってたよ、裕子のやつ」

なるほど。そういう使われ方をしていたってわけね。納得したが、足の震えは止まらない。

「というわけで、たぶん裕子は、ゴミを捨てに行く途中か、またはゴミを捨てて戻ってきたところで殺されたんじゃないかと僕は推理している。君は、どう思う？」

「そんなの、知るわけないでしょう。警察に言ったらどうなんですか？」

「警察？　警察はちょっと……」

「なんでですか？」

「どうやら、警察は、僕を疑っているようなんだよ」

「え？」

「重要参考人として、任意で出頭するようにも言われている。これって、つまり、容疑者ってことだよ」

「容疑者？」

「そして、容疑者は僕だけじゃない。もうひとりいる。だから、君に電話したんだよ」

「もうひとりって……？」

「だから、君の知っている人だよ」

「私の知っている人？」

「いずれにしても、このままでは、僕か、それとも君の大切な人が逮捕されてしまう。それで、君に連絡を入れたんだ。……今から会えない？」

私の膝は、もう立てないほどに震えている。

金城賢作の言っていることは、どこまで真実なのだろう？

この人を信用していいんだろうか？

「とにかく、会おう。でなければ、君と君の家族は、大変なことになるよ」

Ａ面

30

「……ね、陽子。金城賢作って人、知らない？」

大井純子の唐突な問いに、

「きんじょう……けんさく？」

私は、鸚鵡返しで応えた。

「そう。金城賢作。……ここだけの話なんだけど——」

そして純子は、まさに息がかかる距離まで顔を近づけてきた。

「裕子と真由美の共通の知り合いで——」

「共通の知り合い？」

「ま、簡単にいえば、愛人関係」

「どういうこと？　三角関係だったってこと？」

「三角関係どころか、四角関係、五角関係……ま、つまり、金城賢作って男は、相当なスケコマシだった……ってことね」

「いったい、何者？」

「一応は、フリープロデューサーってことになっているけど。……元は、出版社にいたみたいよ。で、今は怪しげなセミナーとかサロンとかを開いて、金を騙し取っていたとかなんとか」

「サロン？」

「そう。裕子にもサロンを開かせていたみたい。確か……六本木——」

「六本木サロン？」

言ったあと、私は慌てて口を指で塞いだ。が、遅かった。

「やっぱり、陽子、知っているんだ？」

純子の目が、鋭い三角形になる。

「……知っているというか」

私は、体をよじらせると、純子から少しだけ距離をとった。「知っているというか、一度だけ、参加したことがあるだけよ」

「参加したの？　〝六本木サロン〟に？」

「うん。……去年の今頃よ」

「同窓会の半年前のことじゃない。ということは、やっぱり、陽子、同窓会以前から、裕子と連絡とり合ってたってこと？」

「連絡をとり合っていた……っていうか」

ああ、面倒くさい。こういうことになるから、今まで、それについては触れずにきたのに。……でも、こうなったらすべて白状してしまったほうが得策だろう。なにしろ、純子の執拗さは、折紙つきだ。このままにしておいたら、いつまでもいつまでも理不尽に攻撃してくる。

「実はね……」

私は、すべてを吐き出した。……吐き出したといっても、〝ケンちゃん〟のことだけは隠しておいたが。だってケンちゃんは、私にとってサンクチュアリのようなものだ。純子などというテレビ屋なんかに穢(けが)されたくない。ケンちゃんと私の仲だけは――。

「……なるほど。つまり、陽子は〝餌〟にされたってことね」

「餌？」

「金城賢作という男は、一種の〝業界ゴロ〟で、あの手この手で〝有名人〟をかき集めては、それを餌に、〝カモ〟からお金を騙し取っていたみたいなのよ」

「どういうこと？」

「だから、陽子は、詐欺師の片棒を担いでいたってことよ、知らず知らずのうちに」

「詐欺師の片棒!?」

思わず、声が上がる。

「やめてよ、そんな言い方。私、本当になにも知らないわよ？〝六本木サロン〟に行ったのだって、裕子に無理矢理。……え？ ということは、裕子も詐欺師の――」

「裕子も共犯者だったのか、それとも金城賢作に利用されていただけなのか。その辺はよく分からないけど。いずれにしても――」

純子は、ゆっくりと腕を組み直した。「裕子の死に、金城賢作がなにかしら関わっていたのは間違いないと思うんだ。だから、警察もマークしているんだと思う」

「……じゃ、真由美も？」

「うん。調べたところによると、真由美も金城賢作とは深い関係だったみたい。……〝金蔓〟だったみたいよ」

「金蔓？」

「そう。金城賢作は、いろんな女を騙しては、金を貢がせていたのよ。正真正銘の悪党。過去にも、金銭トラブルが原因で、女性に怪我を負わせているって」

「ということは――」

「うん。裕子も真由美も、もしかしたら金城賢作に――」

「ああ、そうなんだ」

私は、肩の力を抜いた。

「……じゃ、私は関係ないってことね。だって、私は、金城賢作とは無関係だもの。だから、私が殺されることはないってことよ」

「本当に？」純子の目がますます鋭く光る。「本当に、陽子、金城賢作とは関係ない？」

「関係ないわよ。というか、そんな名前、聞いたことがない」

「でも、〝六本木サロン〟で会っているんでしょう？」

「記憶にない。だって、あの場にはたくさんの人がいたんだよ？　だから、いったい誰が〝きんじょうけんさく〟なのか、さっぱり分からない」

「じゃ、なんで、陽子が殺害予告を受けているの？」

「だから、あれは、ただの悪戯よ。熱心だったファンがアンチになって、嫌がらせしているだけ。よくあることなのよ。……スティーヴン・キングの『ミザリー』って小説、知ってる？」

「小説は知らないけど、映画なら。『ミザリー』っていう小説の熱烈な読者が、自分の思う通りのストーリーじゃないって怒って、作者を監禁しちゃうって話でしょう？」

「そう。まさに、あれなの。小説の内容が自分の思い通りでないことに腹を立てたファンが、アンチになっただけの話なの」

「じゃ、陽子は、殺害予告をしているあのブログの主を知っているの？」

「うん。心当たりはある」

「……〝夢〟で見たなんて言わないでよ」

「そう、〝夢〟じゃなかった。現実だった。私、現実にあのブログを見たことがあることを思い出したのよ。あのブログは、かつて私のファンだった人が立ち上げたブログだったのよ」

一気に喋ったせいか、唇がヒリヒリと痛い。私はそれを軽く舐めると、続けた。

「……八王子に住んでいる、主婦よ。編集部気付で何度か手紙をもらったことがあって。そこにブログのアドレスがあったから、一度だけ覗いたことがあるのよ。もっとも、それはずいぶん昔のことで、ずっと忘れてた。それに、今は手紙も転送されてこないから、私の小説に飽きちゃったのかな……って。でも、違った。担当編集者にそれとなく聞いたら、……手紙の内容が結構ヤバいみたいで、それで編集部で止めていたみたいなの」

「〝ファン〟から〝アンチ〟に変わった……ってことね」

「そう。だから、たぶん、今回の〝殺害予告〟も、その人の仕業だと思う」

「ということは、今回の〝殺害予告〟は、裕子と真由美の死とは関係ないってこと？」

「うん。……関係ないと思う」

「だとしても。〝殺害予告〟なんて、尋常じゃない。陽子、自宅で待機していたほうがいいよ」

「そう？」

「そうに決まっているでしょ。タクシー、手配してくるから。正面玄関で待ってて」

「うん」

が、私は、純子を待たずに、正面玄関を出ると、赤坂見附方面に向かった。

時計を見ると、12/03 am05:54。

ケンちゃんが待っている。

いつものカラオケボックスで待っている。

朝はまだ早い。

いつもなら、信号が青になるたびに人でごった返す交差点の横断歩道も、砂漠のように静まり返っている。頭上の首都高すら、廃墟のように沈黙するばかり。

それでも私は律儀に信号が青になるのを待った。

ああ、胸が高鳴る。

これは、〝殺害予告〟を受けている恐怖からか。それとも、愛人に会える喜びからか。

たぶん、後者だろう。

先日会ったばかりだというのに、もう十年も二十年も会っていないように感じる。ああ、会いたい、ケンちゃんに会いたい！

信号が青になると、私は駆け出した。ここを渡って、みすじ通りに入ったところに、いつものカラオケ店がある。ケンちゃんと私の隠れ場だ。店からしてみれば、「ここはラブホテルではない」と憤慨するかもしれないが、あそこがいいのだ。機械に囲まれた狭い一室で、もしかしたら誰かに見られるかもしれないという不安とせめぎ合いながら、お互いの欲情を貪り合う。

ああ、それを思うだけで、体の芯からなにかが溢れ出してきそうだ。私は、それが外に漏れ出さないように、足の付け根に力を入れながら、よじるように走った。

端(はた)から見たら、便意をこらえながらトイレへと急ぐ人のようだろう。きっと、その様(さま)

はみっともないに決まっている。でも、それが〝恋〟というものなのだ。恋とは、元来、みっともないものなのだ。でも、だからこそなのだ。この恋は、私にとってはサンクチュアリ。

誰にも穢されたくない。


「ケンちゃん！　今日の生放送はキャンセルよ！　ゆっくりできるわ」

いつもの部屋に到着すると、私は便器をまたぐように、ケンちゃんの膝の上に乗った。

「どうしたの？」

苦笑いするケンちゃんに、

「恋って、まるでトイレのようだと思わない？」

と、私は頭の中の文字を吐き出すように言った。

「トイレ？」

「そう。今にも漏れそうな感情を必死で抑えながら、恋人という個室に飛び込むのよ。すると、とたん、それまでの地獄から解放されて、天国のような快感がやってくる」

「なるほど」

「トイレって、だからサンクチュアリなのよ。諸々の拘束（こうそく）から解放されて、本来の自分に戻れる場所。そう思わない？」

「さすがに、小説家だな。人とは違う考え方をするね」

「私、このことを次の小説に書くわ。きっと傑作になる。……私、予感がするの。次の作品は、間違いなく傑作になるって。だって、私のこの〝恋〟がテーマなんだもの」

「……もしかして、俺のことも書くの？」

「当たり前よ。ケンちゃんが主役よ」

「……いや、でも」

「もちろん、実名は出さない。他の名前にする」

「それでも、君のことだ。リアリティ溢れた作品になるだろう？」

「私の小説、リアリティに溢れている？」

「そうだよ。特にデビュー作は」

「ああ、あれは」

「そして、二作目も。二作目は、君の幼少期を描いたものだろう？」

「うん。そう。私の両親が離婚しそうになって、危うく、祖母の家に預けられそうになったときの話を小説にしてみたの」

「あの作品を読んでいると、こっちまで苦しくなるよ。……俺の身近にもいるんだ。両親が離婚して、おばあちゃんに預けられて苦労した人がさ。……本当に、君の小説を読んでいると、苦しいよ」

「…………」

「つまり、君の小説は力があるんだ。現実が滲み出てしまうんだよ。だから、俺たちのことを小説にしたら、俺だってことがすぐにバレちゃうよ」

「バレちゃ、ダメなの？」

「……いや、だって、いろいろと……」

「大丈夫。絶対、ケンちゃんには迷惑をかけない。だって、私、決めたんだもん」

囁きながら、私はケンちゃんのズボンのファスナーを一気に下ろした。

「私、ケンちゃんを幸せにするって」

B面

31

時計を見ると、12/02 am00:46。

私は、訳も分からず、タクシーを飛ばした。

去年とまったく同じ状況だ。

違うのは、向かった場所だ。多摩センター駅近くの小さなアパート。自宅からタクシーで三十分ほどの距離だ。

……なんだって、金城さん、こんなところに？

私は、改めて、メモ用紙を見てみた。金城賢作に指示された住所を書き留めたメモ用紙だ。

多摩市×××町二丁目十三の一　メゾンヒルトップ一〇一号室

ここだ。ここに間違いない。

私は、目の前の建物を見上げた。常夜灯にぼんやりと照らし出されている二階建て木造モルタルアパート。〝メゾンヒルトップ〟という名前が恥ずかしいというように、階段横にその名前が申し訳なさそうに小さく刻まれている。

一〇一号室は、その階段の真裏にあった。ドアに、やはり申し訳なさそうに「笹谷」と印字されたラベルが貼り付けられている。

「笹谷？　……ここって、真由美の部屋なの？」

私は、そのラベルをまじまじと眺めた。ラベルライターで作ったのだろうか、その丸文字のフォントがいかにも真由美らしい。

……うん？　なに、このシール？　ラベルの下に、なにかシールが貼り付いている。このシール、どこかで。

そんなことより、なんで、真由美の部屋？　金城賢作はどうしてこんなところに私を呼び出したの？

私は、そのドアの前で佇んだ。

この中に、金城賢作がいるというのだろうか？　真由美の部屋に？　もう、意味が分からない。金城賢作という男は、いったい何を企んでいるのか？　また、私を騙そうというのか？

……こんなところまでタクシーを飛ばしてやってきた自分が急激に馬鹿馬鹿しくなってきた。

「もう、私ったら、なにやってんのよ……」と、踵を返したとき、ドアの向こう側からなにやら鈍い音がした。……いや、違う、声だ。なにか、呻き声が聞こえる。

それは、

「タスケテクレ」

とも聞こえる。

「金城さん？」

考えるより早く、私はドアノブを握りしめていた。あっけなく開く、ドア。と同時に、なんとも言えない生臭い悪臭が、私の鼻腔を直撃した。

「うんぐ」

えずきながらハンカチを探していると、暗がりの中、見覚えのあるシルエットを見つけた。金城賢作だ。金城賢作が、ゆらゆらと揺らめきながら、こちらにやってくる。

「金城さん？」

その名を呼ぶと、

「しっ」と、唇に指を押し付けられた。間近に迫るその顔。……やっぱり、金城賢作だ。

「事態はますます悪化している」

金城賢作は、死人のような顔でつぶやいた。

「悪化？」

「殺された」

「は？」

「だから、真由美が殺されたんだよ！」

「殺された？」

「そうだよ！　しかも、バラバラにされちまってる！　この部屋の中、肉片だらけだよ！　分かるだろう？　この臭い。これは、血の臭いだ、肉の臭いだ！」

「血！　肉！」

ようやくハンカチを探し当てた私は、狂ったようにそれで顔を覆った。

「……金城さんがやったの？」

「まさか！　俺が来たときは、もうバラバラだったよ！」

「じゃ、誰が？　……っていうか、金城さんは、なんで真由美の部屋に？」

「……真由美にアリバイ工作を頼んだんだ。裕子が殺害された日に会っていたことにしてくれって。だってほら、俺、警察に目をつけられているからさ。そしたら交換条件に結婚を迫られて。そのときはとりあえずＯＫしたんだけど。……やっぱり結婚するわけにはいかないって直接伝えようと、部屋に来てみたんだよ。そしたら、このザマだ」

「アリバイ工作？　あなた、真由美にそんなことまでさせようとしていたの？　なんて酷(ひど)い男なの！」

「そんなの分かっているよ。俺はロクな人間じゃない。……そんなことより、行くぞ」

金城賢作が、大根でも引っこ抜くように私の腕を強く引っ張った。その力に任せてついていったら、面倒なことになる。そう直感した私は、涙ながらに抗(あらが)った。

「やめてください、大きな声を出しますよ。……警察を呼びますよ！」

「君は、なにも分かってないね！　裕子が殺されたのも、真由美が殺されたのも、原因は君なんだぜ？」

「は？」

「いいから、行くよ」

「どこに？」

「そんなの、知るかよ。とにかく、逃げるんだよ」

「いやよ、だって、意味が分からない、……説明して。……はじめからちゃんと説明して！」

私の強い訴えがきいたのか、金城賢作の手が緩んだ。

その隙を狙って逃げ出そうとしたが、金城賢作のほうが一瞬早かった。その手が、私の肩をがっしりとつかむ。

「簡単に説明するとこうだ。……裕子も真由美も、君の代わりに、殺されたんだ」

「私の代わりに？」

「そうだ。裕子は、君の服を着ていた。そして、真由美は君のバッグを持っていた」

「私のバッグ？」

「君が、裕子の部屋に置いていった、あのちゃっちいトートバッグだよ！」

「……雑誌の付録の？」

「そうだよ。あのバッグ、裕子が真由美にやったんだよ。プレミアの限定バッグだとかなんとか言ってね。真由美のやつ、ありがたく使ってたっけ。それが原因で殺されるとも知らずに」

「だから、なんで二人は殺されたの？」

「あの服を着てたからだよ。そしてあのバッグを持っていたからだよ」

「だから、なんでそれで殺されるの？」

A面

32

「ねえ、ケンちゃん。私、謝らなくちゃいけないことがあるの」

私は、ケンちゃんの性器を舌先で撫でながら言った。

「私、ケンちゃんのスマートフォン、見ちゃった」

「え？」

「先週のことよ。ケンちゃん、スマートフォンを出しっ放しにしていたから、つい」

「…………」

「でも、安心して。中身は見てない。待ち受け画面を見ただけ」

「待ち受け画面……」

「ケンちゃんと女の人の画像だね。女の人の顔はよく分からないけど、とても親しそうな感じだった」

「…………」

「あれって、なにかの拍子に二人でいるところが撮れちゃって、それがなかなかいい感じだから待ち受け画面の壁紙にしちゃった……という流れ？」

「…………」

「ああ、やっぱりそうか。なんか、いい雰囲気だったもんね。女の人、無防備な部屋着姿で。……あのトートバッグは、雑誌の付録？」

「…………」

「ねえ、ケンちゃん。教えて。あの女の人、ケンちゃんのいい人なんでしょう？　誰？　裕子？　それとも、真由美？」

「あ……あ……」

しかし、ケンちゃんはまともには答えてくれない。

そうか。やっぱり、彼女の話はタブーなんだ。

じゃ、話を変えてあげる。

私は、ケンちゃんの性器をさらに舐めながら言った。

「ねえ、ケンちゃん。……奥さんとは、うまくいってないんだよね？」

「…………」

「奥さん、ケンちゃんに冷たいんでしょう？　暴言もひどいんでしょう？」

「…………」

「あんな奥さんとは、とっとと別れたほうがいいよ」

「…………」

「私が、別れさせてあげる」

B面

33

「だから、なんでそれで殺されるの？」

私は繰り返した。「なんで、あの服とあのトートバッグが原因で、裕子さんと真由美が殺されるの？」

「……まだ、分からないのか？」

金城賢作の体が、突然崩れ落ちた。

「金城さん？　……どうしたの？」

状況がまったくつかめない。なにしろ部屋の中は真っ暗で、玄関横の小さな窓から漏れるアパートの常夜灯だけが頼りだ。

照明。照明のスイッチはどこ？　と、指を壁に這わせたところで、私はようやく気がついた。

……なに？　このぬめりは？　私の手に、何かついてる？

「……血だよ。俺の血だ」

金城賢作が、蚊の鳴くような声で言った。

「血？　血？　血？」

針飛びするレコードのように繰り返す私の足を、金城賢作の手が強くつかんだ。

ひぃぃぃ！

「切られたんだ。俺も切られたんだよ、犯人に」

放して、その手を放して！

「真由美を解体しているところに俺が現れたもんだから、相手も動揺したんだろう。俺の腹を切ると、そのまま逃げていった」

「は、は、は……」

犯人を見たの？　と言いたいのに、唇が硬直してうまく言葉にできない。

「ああ、見たよ。………君も気をつけろ。……逃げろ」

「き、き、きん……」

金城さん、どういうこと？　なんで逃げなくちゃいけないの？　と言いたいのに、やっぱり言葉にならない。そうこうしているうちに、私の指が、ようやく照明のスイッチを探し当てた。指の先に力を込めると、「ちっちっちっ」と躊躇うように、照明が静かに点灯した。

そして、明らかになる部屋の全貌。

私は、その惨状に、悲鳴さえ失った。

34

どうやってあの部屋から逃げ出したのかはよく分からない。気がつくと、私は無我夢中でタクシーを拾っていた。

タクシーの運転手は、私の手についた血を不審がったが、

「手を怪我したんです」と私は言い訳した。

「なら、病院に？」

「病院の前に、家に。早く家に戻らないと」

人間とは、不思議なものだ。極限状態に陥ると、とにかく〝家〟に戻りたくなる。

「家に、家に戻りたいんです！　一刻も早く！　お願いします！」


が、その〝家〟には、新たな恐怖が待ち伏せていた。

異変は、エントランスからはじまった。エントランスに点々と広がる、赤い模様。

「血？」

そうだ、血痕だ。

その血痕はエレベーターまで続いていた。なにか嫌な予感がしてエレベーターを横切り、非常階段を使う。

非常階段で三階までやってきたとき、また血痕を見つけた。血痕は、エレベーターから非常階段を行ったり来たりしているようにも見える。……部屋を探している？

「え？」

血痕が、私の部屋の前で止まっている。

心臓が縮み上がる。

「翔!」

私は、真っ先に息子のことを思った。

「翔! 翔!」

不安と心配で、心臓が破裂しそうだ。なのに、私の手はなかなかドアノブに届かない。恐怖のせいか、石のように腕が固まってしまっている。

そんな私を尻目に、ドアがゆっくりと開いた。

翔が、不思議そうに立っている。

「ママ、どうしたの?」

「翔! 翔こそ、どうしたの?」

「今さっき、インターフォンが鳴ってさ。あんまりうるさいから出たら、パパの知り合いだって人が。……パパに緊急事態が起きたから開けてほしいっていうから、エントランスのドアを開けたんだ。で、そろそろ玄関に到着するかな……と思って、ここで待ってたんだよ」

「パパの知り合い?」

「うん。女の人。……知らない人」

「なんで、そんな知らない人のために、セキュリティを解除したの!」

「だって。パパ、今日もまだ帰ってないでしょう？　だから、なにか事故にでもあったんじゃないかって、心配になって……」

「それでも、ダメよ、そんなことでセキュリティを解除したら！　なんのためのセキュリティだと思ってんの――」

翔の顔が、メデューサを見たかのように、突然、強張る。

「翔？　どうしたの？」

「ママ、ママ、うしろ……」

翔の視線が、私の背後に飛んだ。

「え？」

視線を追って、振り返ったときだった。

体に何かがねじ込まれ、鋭い痛みを感じた。それは、はじめは点のような痛みだったので、

「なんで？　なんでこんなことをするの？」

と、私はのんきに質問をしていた。

が、体にねじ込まれたそれが抜かれたとたん、強烈な痛みが体中を駆け巡った。

「ヨーコ、死ね」

そんな声が遠くで聞こえたような気がした。

A面

35

「ね、ケンちゃん。あなたの奥さんも、〝陽子〟っていうんでしょう」

私が言うと、ケンちゃんの性器がしゅゅゅっと音を立てるように小さくなる。まるで、役目を終えた風船のように。私はそれを両手で包み込むと、もう一度空気を吹き込んだ。

「でも、〝陽子〟なんていう名前、ありふれているから。なにしろ、私の生まれた年の名前のトップは、〝陽子〟。だから、奥さんと同じ名前だったとしても、珍しいことではない。私だって、今までもいろんな〝陽子〟さんに会ってきたもの。……でも、やっぱり、複雑。

あんな鬼嫁と同じ名前だなんて」

「…………」

「大森陽子。今をときめく、主婦ブロガー。夫婦関係なんかとっくに壊れているのに。嘘八百の内容で、読者を欺く悪女」

「…………」

「ケンちゃんが別れたがっているのに、なんだかんだと理由をつけて、別れてくれないんでしょう？　本当に、いやな女。……だから、私が――」

「……殺したのか？　やっぱり、君が」

ようやく膨らみかけた性器が、またもやきゅっと縮まった。

ああ。最近のケンちゃんは、まったくの役たたず。すぐに萎えてしまう。

でも、そこがまた可愛いんだけど。

ほんと、可愛い。……私だけのケンちゃん。好きよ、好きよ、大好き。……私が、必ず、ケンちゃんを幸せにしてあげる。

そして私は、再びその性器を口に含んだ。

36

「多摩市のアパートに続き、八王子のマンションでも、バラバラ殺人？」

大井純子は、その一報を聞いたとき、とっさに、小説家の日向真咲こと、友人の永福陽子のことを思い浮かべた。

純子とまったく同じように考える人物がいた。吉澤久美子だ。

裕子が殺害されたとき、「陽子……永福陽子が怪しい」と言い出したのは、久美子だった。

久美子は愛人のフリー記者を通じて、永福陽子が「大森健一」という人物と不倫関係にあることを突き止めていた。

「永福陽子は、大森健一と裕子の関係を疑い、嫉妬のあまり裕子を殺害したんじゃないかと思うの」

そんな推理をしていたところに、第二の事件が起きる。真由美が多摩市の自宅で殺害されたのだ。しかも、その現場には金城賢作の死体まで。

そんなときだ、八王子市で「大森健一」の妻である「大森陽子」のバラバラ死体が見つかったという一報が入ったのは。

「つまり、犯人は、多摩市のアパートで真由美と金城賢作を殺害したあと、その足で八王子のマンションに出向き、大森陽子さんを殺害したってことね。……もう間違いない。その犯人は、永福陽子よ」

久美子の推理に、純子はただただ、言葉を失うばかりだった。あの陽子が。……とても信じられない。そんな純子を横目に、久美子は続けた。

「裕子の頭部も、陽子の自宅にあると思う」

「裕子の頭部が？　なんで、そんなことを？」純子は、ようやく言葉を口にした。

「そんなの、分からない。ただ、陽子は、……なんていうか、昔からおかしかったでしょう？　夢と現実がごっちゃになっているというか。……粘着質というか」

「まあ、そうね。……それは否定しない」

「特に、裕子に対しては、強い恨みを持っていた」

「裕子の差し金で男たちに乱暴されたって話は聞いたことあるけど。……やっぱり、陽子は、黒幕が裕子だということを知っていたのかも。そしてまだ根に持っていたのかもしれない」

「そりゃそうでしょう。あんなことをされたら、一生、引きずるわよ。だから、バラバラにしただけじゃ、おさまらなかったんじゃないの？」

「……いずれにしても、証拠が必要ね。陽子が連続バラバラ殺人鬼である確固たる証拠が。警察がつかむ前に」

「そうよ。これは、私たちがつかんだスクープよ。警察なんかより先に、私たちが」

「……なら、陽子を泳がせてみない？」

「どうやって？」

「私の番組に出演させる。そして、生放送で陽子を質問責めにして追い詰める。さすがの陽子もパニックになって、白状するんじゃないかしら」

「それ、いい案」

「陽子が捕まったら、陽子の特別番組を企画してみるわ。タイトルは、〝向こう側の、ヨーコ〟。どう？」


そんな話し合いを持ったのが、昨日、十二月二日のことだった。

純子は、その計画を実行しようと永福陽子を南青山のカフェに呼び出した。そして何も知らない振りをして、慣れない演技までして、汗まみれになりながら、永福陽子を、自分の番組に出演させようとした。うまくいけば、番組内で陽子に自白させることができるんじゃないか？　そうすれば、社長賞ものだ……という野心のもと。が、その直前で、良心が痛んだのだった。こんな形で友人を貶（おとし）めるのはやはり人として最低だ。たとえ、連続バラバラ殺人鬼だったとしても、こんな形で晒し者にしてはいけない。しかも、陽子には殺害予告が突きつけられた。

だから、永福陽子を本番前に帰したのだ。

が、今は、それを深く反省している。

なぜなら、その後、永福陽子は死体で発見された。一緒にいた男と共に。

純子は、例の殺害予告文を思い出していた。

永福陽子は悪党です。私の人生をめちゃくちゃにしました。許しません。天誅を下します。……殺します。

B面

37

「何？　……夢？」

私は、軽く、頭を振った。

えっと。……ここはどこだっけ？

瞼を開けると、見知らぬ男の顔がそこにあった。その顔は、いかにも困惑している。そして、肘でつんつんと、つつかれた。

視線を巡らすと、何かがゆらゆら揺らめいている。

……中吊り広告？

…………。

あ。そうだった。私、メトロに乗っているんだった！

でも、途中で激しい睡魔に襲われて……。

見ると、隣に座っている男性が、苦々しい表情でこちらを威嚇している。

あ。

私は、慌てて、その肩から頭を剝がした。

車窓の外を見てみると、「赤坂見附」の文字。

いけない！　降りなくちゃ！

シートから立ち上がると、「ちっ」という、男の舌打ち。さらに、「ばばぁが」。

なによ、今、謝ろうとしたのに。なによ、ちょっと寄りかかったぐらいで。……ばばぁで悪かったわね！

るるるるるる……

あ、発車メロディが鳴っている。

るるるるるる……

待って、降ります。降ります！

と、ドアをすり抜けようとしたとき。

あれ？　あの人。

が、それを確認する前に、その人影を見失う。

中河美沙緒が、赤坂見附の駅に降りるのは、これで何度目だろうか。

本来は、縁もゆかりもない場所だけれど、先生に会うには、赤坂見附に限る。だって、先生が、愛人……大森健一との逢い引きで使う場所だから。だから、ここ一年、用もないのに赤坂見附に来ては、先生の姿を探している。

とはいっても、その姿を見つけても、どうしても声をかけることができずにいた。

でも、今日こそは、言わなくちゃ。

今日こそは、小説家日向真咲に、直接言わなくちゃ。

日向真咲は、まさに天才だ。彼女のデビュー作を読んだとき、自分の人生は日向真咲に捧げようと思った。だから、ずっとずっと、一ファンとして、先生を応援してきた。ファンレターを送り続け、ブログも立ち上げて。……なのに、ここ最近の先生の作品は、どうしたことだろう。輝きがまったく見られない。まさに粗製乱造。黙って見ていることはできなかった。だから、手紙やブログにちょっと辛辣なことを書いてしまった。しかも、殺害予告めいたものを、二度にわたって書き込んでしまった。……違うの、あれは本心じゃない。私は、ただ、先生に分かってもらいたくて。私の気持ちを知ってほしくて。……反省している。直接謝りたい。そんな思いで、ここまで来た。先生が、ＮＫＪテレビ紀尾井町スタジオに来るという情報があったからだ。情報は、『それ行け！　サンデーモーニング』の公式ツイッターから得た。「小説家の日向真咲先生が、再び、急遽出演！」という書き込みだ。

そんな書き込みを見たからには、行かなくちゃ。

＋

「それで、あなたはあの時間、赤坂見附のカラオケボックスにいたんですか？」

警官の言葉に、中河美沙緒は、静かに頷いた。中河美沙緒が、重要参考人として、ここ赤坂見附署に連行されたのは、十二月三日、午前八時過ぎのことだった。

部屋の隅、無造作に飾られているカレンダー。

「二〇一七年も、残すところあと一ヶ月ですね……」

中河美沙緒は、心ここに在らず状態でつぶやいた。

「来年の二月、新刊が出る予定なんですよ。日向真咲先生の新刊。……ちゃんと出るでしょうか？」

「さあ。なにしろ、当の日向真咲……永福陽子さんは、亡くなられましたからね」

「ああ。そうでした。先生、亡くなられたんでした」

「あなたが、関係しているんじゃないですか？」

「私が？　なぜ？」

「だって、あなた、永福陽子さんと大森健一さんの遺体の前で、立ち竦んでいたじゃないですか、電動ノコギリを持って」

「だって、なんだかいろいろと驚いちゃって。混乱しちゃって。……だって、あんな惨状を目にしたら、誰だって、気が動転しますって。気がついたら、その場にあった電動ノコギリを握りしめていました」

「なるほど。……ところで、あなたはなぜ、あのカラオケボックスに？」

「NKJテレビ紀尾井町スタジオで、出待ちしていたんです。でも、先生はなかなか出てこなくて。スタッフに聞くと、先生の出演はキャンセル、とっくの昔に帰ったって。で、私、ピンときたんです。先生はきっとあのカラオケボックスにいるって。だって、前のときがそうでしたから。先生、カラオケボックスに行きましたから。……案の定でした。カラオケボックスのフロントに先生のご本名を伝えたら、ルーム番号を簡単に教えてくれて。で、その部屋に向かったんです。そしたら、先生と大森さんはもう、死んでました。だから、私じゃありません！　私、殺してません！　私を帰してください！　帰らなくちゃ！　レモンちゃんが待っているんです！　散歩に連れていってあげなくちゃ！」

「はいはい。分かりました」

「本当です、私はなにも！」

「それは、分かってますってば。あなたが犯人でないことは、分かってます」

「じゃ、帰してください！」

「いえ、まだしばらくご辛抱ください。いろいろと話を聞きたいのです。……あなたがあの部屋に入ったとき、他に誰かいましたか？」

「……………いえ」

「なら、誰かと、すれ違ったとか？」

「……………いえ」

「なら、このシールに見覚えは？」

警官が、タブレットをこちらに向けた。そこには、シールが大写しになっている。

「これは？」

「遺体の傍に貼ってあったものです。……見覚えは？」

そんなことを言われても。そのシールは、よくある怪獣のシールで。怪獣のシール？

「……………あ」

「なんです？」

「電車の中で」

「電車の中？」

「はい。今日、始発でここまで来たんですが。そのとき、知った顔を見たような気がするんです」

「……知った顔？」

「はい」中河美沙緒は、その顔を思い出そうと、ゆっくりと目を閉じた。

巻き戻し
rewind

十二月二日、午前一時三十分。

どうやってあの部屋から逃げ出したのかはよく分からない。気がつくと、大森陽子は無我夢中でタクシーを拾っていた。

タクシーの運転手は、陽子の手についた血を不審がったが、

「手を怪我したんです」と陽子は言い訳した。

「なら、病院に？」

「病院の前に、家に。早く家に戻らないと」

人間とは、不思議なものだ。極限状態に陥ると、とにかく〝家〟に戻りたくなる。

「家に、家に戻りたいんです！　一刻も早く！　お願いします！」

が、その〝家〟には、新たな恐怖が待ち伏せていた。

異変は、エントランスからはじまった。エントランスに点々と広がる、赤い模様。

「血？」

そうだ、血痕だ。

その血痕はエレベーターまで続いていた。なにか嫌な予感がしてエレベーターを横切り、非常階段を使う。

非常階段で三階までやってきたとき、また血痕を見つけた。血痕は、エレベーターから非常階段を行ったり来たりしているようにも見える。……部屋を探している？

「え？」

血痕が、部屋の前で止まっている。

心臓が縮み上がる。

「翔！」

陽子は、真っ先に息子のことを思った。

「翔！　翔！」

不安と心配で、心臓が破裂しそうだ。なのに、手はなかなかドアノブに届かない。恐怖のせいか、石のように腕が固まってしまっている。

そんな陽子を尻目に、ドアがゆっくりと開いた。

翔が、不思議そうに立っている。

「ママ、どうしたの？」

「翔！　翔こそ、どうしたの？」

「今さっき、インターフォンが鳴ってさ。あんまりうるさいから出たら、パパの知り合いだって人が。……パパに緊急事態が起きたから開けてほしいっていうから、エントランスのドアを開けたんだ。で、そろそろ玄関に到着するかな……と思って、ここで待ってたんだよ」

「パパの知り合い？」

「うん。女の人。……知らない人」

「なんで、そんな知らない人のために、セキュリティを解除したの！」

「だって。パパ、今日もまだ帰ってないでしょう？　だから、なにか事故にでもあったんじゃないかって、心配になって……」

「それでも、ダメよ、そんなことでセキュリティを解除したら！　なんのためのセキュリティだと思ってんの——」

翔の顔が、メデューサを見たかのように、突然、強張る。

「翔？　どうしたの？」

「ママ、ママ、うしろ……」

翔の視線が、陽子の背後に飛んだ。

「え？」

視線を追って、振り返ったときだった。

体に何かがねじ込まれ、鋭い痛みを感じた。それは、はじめは点のような痛みだったの

で、

「なんで？　なんでこんなことをするの？」

と、陽子はのんきに質問をしていた。

が、体にねじ込まれたそれが抜かれたとたん、強烈な痛みが体中を駆け巡った。

「ヨーコ、死ね」

そんな声が遠くで聞こえたような気がした。

陽子は、もう一度訊いた。

「なんで？　なんでこんなことをするの？　……翔？」

「分かんないの？」

「分からない。……教えて」

「あんたたち大人が、憐れだからだよ、見てられなかったからだよ。このまま放っておいたら、ますます醜態を晒すからだよ。だから、天誅を下しているだけだよ」

「翔……」

「ほんと、恥ずかしいよ。『お前のかーちゃん、脇汗マダム』なんて言われる身にもなってよ。毎日が針のむしろだよ。僕がこんなに苦しんでいるのに、あんたたちは、自分のことばかりで。クダラナイ見栄を張ってばかりで。僕の意見なんかひとつも聞かないで、世田谷区に引っ越しするって。……ママ、どうしちゃったんだよ。昔はそんなんじゃなかったじゃん。ちゃんと僕のことも見ていたじゃん。意見も聞いてたじゃん。……なのに、なんで？」

「翔……」

「あいつらが、悪いんだよね？」

「あいつら？」

「そう。裕子と真由美」

「翔……あんた、もしかして」

「うん。裕子と真由美も始末しておいた。ママを堕落の道に引きずり込んだ張本人だからね。……なぜ、バラバラにしたかって？　それは、単に、興味があったからだよ。女の体にね。……でも、たいしたことなかった。ただの肉と汚物の塊だったよ」

「金城賢作も……？」

「うん。あいつには犯行を見られたから。でも、とどめを刺すのを忘れちゃったから、ちょっと心配。ちゃんと死んでくれたかな？」

「でも、今夜、あんたはずっと部屋の中に――」

「これだからさ！　僕は、夕飯を食べた後、ずっと外出してたよ！　そして、真由美のうちに行って、殺して、バラバラにしていたんだよ！」

「嘘よ。……あんたは今夜はずっと部屋の中で――」

「それは、あんたがそう思い込んでいただけ。僕はちゃんと、『行ってくるよ』って声をかけたよ。なのにあんたは、ブログの更新に夢中でさ！　一人息子がどこでなにしているのかなんて、あんたにはまったくどうでもいいことなんだよね？」

「…………」

「安心してよ、ママ。ママもちゃんとバラバラにしてあげるからさ」

「そんなことさせない。……パパが、パパが戻ってくる」

「戻ってこないよ。今頃パパは、浮気に夢中だろうから」

「翔……」

「ママ、まさか、気づいてなかったの？　パパはね、小説家の日向真咲……永福陽子という女と浮気してんだよ」

「……違う、違う。パパはお仕事で。今日も仕事で徹夜になるって。だから職場近くのホテルに泊まり込みだって」

「バッカだなー、そんなこと、本当に信じていたの？　その頭、とっかえたほうがいいんじゃないの？」

「翔……」

「……本当に憐れな人だな、ママって。やっぱり、死んだほうがいいよ」

「翔……」

「でも、ママの頭だけは、特別だからね。あいつらの頭みたいに、ゴミのように放置はしないよ。ちゃんとした箱に入れて、ずっと大切にしておくよ」

「頭?」

「うん。裕子と真由美の頭。僕の部屋の中にある。ゴミ袋に入れてね」

「翔、翔、翔……なんてことをしたの、翔……」

「さあ、ママ、そろそろ楽にしてあげるよ」

そして、翔は、陽子の顔にシールを貼り付けた。

「さあ、すぐに楽になるからね、ママ」

いつの間に持ち出したのか、翔の手には電動ノコギリ。……その電動ノコギリ、もしかして、いつかの宅配の……?

電動ノコギリが、ゆっくりと動き出した。

「やめて、やめて、翔……」

陽子は、冷たくなっていく体を温めようと、床に倒れ込んだ。

+

残業中の大森健一の携帯に着信があったのは、十二月二日の午前二時過ぎだった。

息子の翔からだった。

「パパ、助けて、パパ！　ママが、ママが！」

その切羽詰まった様子は尋常ではなく、健一は仕事をそのままに、家に急いだ。


「……これは、いったい？」

帰宅した大森健一は、その惨状に言葉を失った。

玄関はもとより、キッチン、リビングまで血だらけで、肉片が散らばり、電動ノコギリが転がっている。

「パパ！」

息子が部屋から飛び出してきた。その体はガクガクと震えている。

「いったい、どういうことだ？　翔？」

「女の人が来たんだよ！　テレビで見たことがある女の人！　ひゅうがまさきって人が来て、ママをこんなにしたんだ！」

「日向真咲？　……永福陽子？」

「その女の人が、突然やってきて。ママと口論になって。そしてママを殺して。ママをバラバラにしちゃったんだよ！　僕は怖くて、ずっと部屋に閉じこもっていて……」

「……分かった。日向真咲のことは、まだ誰にも言うんじゃないよ。……パパが確認するまで」

　それから、丸一日。大森健一は警察にいろいろと事情を訊かれた。時計表示を見ると、12/02 pm11:23。……今日が終わろうとしている。

「犯人に、なにか、心当たりはありますか？」

　そう訊かれた健一は、

「まだ、確証はありません。もう少し待ってください」言いながら、スマートフォンに永福陽子の名前を表示させた。

　と、その前に、着信音。永福陽子からだった。


「ね、今、どこ？　今すぐ、会いたいの」

「ああ、俺も、電話しようと思ってた」

「……ね、奥さんとは別れるんだよね？　うまくいってないんだよね？」

「なに、どうしたの？」

「ううん……ごめんなさい。……今から、会えない？」

「ごめん、今は無理なんだ。どうしても外せない会議があって」

「土曜日なのに？　深夜なのに？」

「うん。昨日からずっと徹夜なんだ。……明日の朝じゃだめ？」

「明日の朝？　でも、明日は生放送が入っちゃったの。『それ行け！　サンデーモーニング』」

「『それ行け！　サンデーモーニング』だったら、ＮＫＪテレビ紀尾井町スタジオだね。……じゃ、生放送が終わった後に……」

「いや、それまで待てない！」

「どうした？」

「本番がはじまる前に、ちょっとでも会えない？　メイクが終わった頃、私、抜け出すから。いつものところで待っている。いつものカラオケ店で。朝の六時に――」

「今の電話は？」

警官の問いに、

「いえ、仕事です」

「奥様がこんなことになったというのに、仕事ですか」

警官が、疑念をたっぷりと含んだ瞳でこちらを見た。

疑われている。このままでは、重要参考人として連行されるだろう。

だからこそだ。だからこそ、永福陽子に会って、確証を得たい。永福陽子の犯行だと、自白させなくては。

「仕事をひとつ終えたら、明日、午前中には署に伺います」

と、健一は、自ら出頭を申し出た。

＋

十二月三日、午前六時。

「ケンちゃん！　今日の生放送はキャンセルよ！　ゆっくりできるわ」

いつもの部屋に到着すると、永福陽子は便器をまたぐように、健一の膝の上に乗った。

「どうしたの？」

苦笑いする健一に、

「恋って、まるでトイレのようだと思わない？」

と、陽子は頭の中の文字を吐き出すように言った。

「トイレ？」

「そう。今にも漏れそうな感情を必死で抑えながら、恋人という個室に飛び込むのよ。すると、とたん、それまでの地獄から解放されて、天国のような快感がやってくる」

「なるほど」

「トイレって、だからサンクチュアリなのよ。諸々の拘束から解放されて、本来の自分に戻れる場所。そう思わない？」

「さすがに、小説家だな。人とは違う考え方をするね」

「私、このことを次の小説に書くわ。きっと傑作になる。……私、予感がするの。次の作品は、間違いなく傑作になるって。だって、私のこの〝恋〟がテーマなんだもの」

「……もしかして、俺のことも書くの？」

「当たり前よ。ケンちゃんが主役よ」

「……いや、でも」

「もちろん、実名は出さない。他の名前にする」

「それでも、君のことだ。リアリティ溢れた作品になるだろう？」

「私の小説、リアリティに溢れている？」

「そうだよ。特にデビュー作は」

「ああ、あれは」

「そして、二作目も。二作目は、君の幼少期を描いたものだろう？」

「うん。そう。私の両親が離婚しそうになって、危うく、祖母の家に預けられそうになったときの話を小説にしてみたの」

「あの作品を読んでいると、こっちまで苦しくなるよ。……俺の身近にもいるんだ。両親が離婚して、おばあちゃんに預けられて苦労した人がさ。……本当に、君の小説を読んでいると、苦しいよ」

「…………」

「つまり、君の小説は力があるんだ。現実が滲み出てしまうんだよ。だから、俺たちのことを小説にしたら、俺だってことがすぐにバレちゃうよ」

「バレちゃ、ダメなの？」

「……いや、だって、いろいろと……」

「大丈夫。絶対、ケンちゃんには迷惑をかけない。だって、私、決めたんだもん」

囁きながら、陽子は健一のズボンのファスナーを一気に下ろした。

「私、ケンちゃんを幸せにするって」


そのとき、ブザーが鳴った。フロントからだった。

「お連れ様がお見えです」

お連れ様？

と、今度はスマートフォンから着信音。

「パパ」

翔からだった。

「どうしたんだ？」

「パパのことが心配で。だって、あの女と会っているんでしょう？　永福陽子と。僕もママの仇（かたき）を討とうと思って」

「ダメだ、来るな」

「行くよ。……というか、もう来た」

そして、ドアが開いた。

「……翔？　どうしたんだ？　ビニール手袋なんかして」

「指紋がね、残らないように」

「え？」

「返り血を浴びないように、レインコートも用意してきたよ」

「……翔？　翔？」

「パパ。そして、永福陽子。天誅を下すよ。いい？」

38

「それで、あなたはあの時間、赤坂見附のカラオケボックスにいたんですか？」

警官の言葉に、中河美沙緒は、静かに頷いた。中河美沙緒が、重要参考人として、ここ赤坂見附署に連行されたのは、十二月三日、午前八時過ぎのことだった。

「本当です、私はなにも！」

「それは、分かってますってば。あなたが犯人でないことは、分かってます」

「じゃ、帰してください！」

「いえ、まだしばらくご辛抱ください。いろいろと話を聞きたいのです。……あなたがあの部屋に入ったとき、他に誰かいましたか？」

「…………いえ」

「なら、誰かと、すれ違ったとか？」

「…………いえ」

「なら、このシールに見覚えは？」

警官が、タブレットをこちらに向けた。そこには、シールが大写しになっている。

「これは？」

「遺体の傍に貼ってあったものです。……見覚えは？」

そんなことを言われても。そのシールは、よくある怪獣のシールで。怪獣のシール？

「…………あ」

「なんです？」

「電車の中で」

「電車の中？」

「はい。今日、始発でここまで来たんですが。そのとき、知った顔を見たような気がするんです」

「……知った顔？」

「はい」中河美沙緒は、その顔を思い出そうと、ゆっくりと目を閉じた。そして、はっと目を開けると、「……翔くんを。大森さんちの翔くんを見ました！」

「大森さんの息子さん？」

「はい」

「それなら、こちらも確認済みです。朝の七時頃、大森翔さんがあのカラオケボックスを訪ねたのは。でも、二十分後に帰ったと。……大森翔さんにも事情を訊く必要はありますが、まあ、事件には関係ないでしょう」

「……そうですか」

それから、十分ほど経った頃、別の警官が入ってきた。

「中河さん。引き留めてしまい、すみませんでした。もうお帰りくださっても構いません」

「なら、犯人は？」

「今日中にニュースになるでしょうから、それでご確認ください」

「結局、永福陽子が犯人ってことで、おさまっちゃったわね」

吉澤久美子は、濡れた髪にフェイスタオルを当てながら、つぶやいた。

「ああ。喜多見裕子、笹谷真由美、金城賢作、大森陽子、そして大森健一を殺害して、自殺。……そして、被疑者死亡で、一件落着」

ベッドの上で、パックの苺ミルクをちびちび飲みながら、亀井仁志。「でも、なにか腑(ふ)に落ちない。彼女が、五人も殺害するなんて。しかも、そのうち三人の遺体を解体するなんて。……喜多見裕子、笹谷真由美、大森陽子。バラバラにされたのはこの三人。女性だけだ。しかも、その頭部はまだ見つかっていないという」

「それにしても、かわいそうなのは、大森夫妻の息子よ。一人残されて、どうしているのかしら？」

「親戚の家に引き取られたよ」仁志が、なにか意味ありげに言った。「今は、静岡にいる」

そして、パックに突き刺さるストローの先をくちゃくちゃ嚙みながら、話を引き戻した。

「大森陽子と大森健一を殺害したのは、痴情のもつれ……というやつだったとして。……裕子と真由美はなぜ殺されたんだろう？」

「だから、陽子は昔、裕子にひどい目にあわされたからよ。その復讐をしたんでしょう」

「じゃ、笹谷真由美は？」

「真由美も、……たぶん、なにかしたんだろうね。よくは分からないけど」

「……それにしても。今回の一連の事件で、一人勝ちなのは、大井純子だな。『向こう側の、ヨーコ』だっけ？　今回の事件をドラマ仕立てで再現して、なんかの賞を獲ったろう？」

「ええ。テレビ界のアカデミー賞といわれる、権威ある賞みたい。そのおかげで、今じゃ、局プロデューサーに異例の大出世」

「本当、羨ましいよ」

「あなたにも、また、チャンスは巡ってくるわよ」

「そう。チャンス。今、俺はチャンスを狙っている」

「どういうこと？」

「この事件は、まだまだ終わっていないってことだよ。絶対、他に犯人がいる」

「やだ、まだこの事件、追っていたの？」

「もちろん。今度こそ、俺だけの特ダネをものにするさ」

「何か手応えでも？」

「ああ。あった」仁志が、得意げに顎をしゃくった。「事件の鍵を握る人物を、今、マークしている。今日も、静岡に行ってきた」

仁志が、ひとつにやりと笑う。そして、パックの苺ミルクをちゅるちゅると飲み干すと、下半身を隠していたブランケットを剝がした。

そのイチモツは、いい具合に昂（たか）ぶっている。

久美子のそこもまた、準備万全だ。久美子は頭に巻いたタオルもそのままに、ベッドにその身を投げた。

仁志のねちっこい愛撫がはじまる。

その快感に身を委ねていると、久美子の視界に怪獣のシールが過った。

「え？」

視線を定めると、サイドテーブルに置いてある鞄に、それが貼られている。仁志の鞄だ。

あのシールは、なんだろう？

そういえば、純子が言っていた。

「懇意にしている警官から聞いたんだけど。五人の殺害現場に、シールが貼られていしいわよ。どれも怪獣のシール。……ま、事件とは関係ないとは思うけど。ちなるわね」

……そういえば、陽子のマンションのドアホンにも貼られていなかった？　怪獣のシール。

まさか。

まさかこれって、マーキング？　次は、お前がターゲットだという印？

真犯人が貼り付けた印？

ね、仁志さん、あなた、今誰を取材しているの？　ね？

が、その質問は、快感の波にあっけなく呑み込まれた。

主な登場人物

A面

●永福陽子………小説家。独身。小さい頃から、もう一人の自分が出てくる不思議な夢をよく見る。

●喜多見裕子……陽子の中学・高校・大学時代の同級生。元銀座のナンバーワンホステス。容姿端麗で話術にも長ける。

●笹谷真由美……陽子の中学時代の同級生。小言好きで、ものごとを否定的にとらえる性格。

●大井純子………制作会社勤務のTV番組プロデューサー。今は『それ行け！　モーニング』『それ行け！　サンデーモーニング』という情報番組に携わる。陽子とは中学時代の同級生。

●吉澤久美子……ファイナンシャルプランナー。同じく陽子とは中学時代の同級生。仕切り屋な性格。フリー記者と不倫中。

●ケンちゃん……陽子にとっては運命の人。

B面

●大森陽子………主婦。大手通販会社G社、事務センターのパート。
●大森健一………陽子の夫。中堅広告代理店の総務部に勤務。
●大森翔…………陽子の一人息子。
●喜多見裕子……真由美の中学時代の同級生。〝六本木サロン〟という怪しい集まりを主宰。美しく着飾った外見から、セレブ感が漂う。
●笹谷真由美……派遣社員。陽子と同じ大手通販会社G社に勤める。中学時代の同級生である裕子が主宰する〝六本木サロン〟に陽子を誘った。
●金城賢作………〝六本木サロン〟にてホスト役として振る舞う謎の男。
●中河美沙緒……陽子と同じマンションの三〇四号室に住む。レモンちゃんというトイプードルを飼う。

初出「小説宝石」（光文社）二〇一七年一月号～十月号
二〇一八年四月　光文社刊